Клаудиа Пиньейро

Твоя

Claudia Piñeiro
Tuya

Клаудиа Пиньейро
Твоя

роман

перевод с испанского
Марии Кузнецовой

издательство **астрель**

УДК 821.134.2(8)
ББК 84(7Арг)
П32

This edition is published by arrangement with *Literarische Agentur Mertin Inh. Nicole Witt e. K., Frankfurt, Germany*

Художественное оформление и макет АНДРЕЯ БОНДАРЕНКО

Издание осуществлено при техническом содействии
ИЗДАТЕЛЬСТВА АСТ

Пиньейро, К.

П32 Твоя : роман / КЛАУДИА ПИНЬЕЙРО ; пер. с исп. М. КУЗНЕЦОВОЙ. — М. : Астрель: CORPUS, 2010. — 191, [1] с.

ISBN 978-5-271-25400-0 (ООО "Издательство Астрель")

Роман современной аргентинской писательницы Клаудии Пиньейро "Твоя" можно отнести к детективному жанру: в нем есть и убийство, и запутывание следов, и психологические загадки, и головокружительные сюжетные виражи. Однако есть в нем и другой план — не менее важный: уверенными мазками автор рисует портрет современной семьи, описывает внешне благополучный мир, за глянцевым фасадом которого бушуют разрушительные страсти. Вполне оправданное на первый взгляд стремление во что бы то ни стало сохранить распадающуюся семью оборачивается для героев романа катастрофой. Традиционные ценности утрачивают внутреннее содержание и превращаются в пустую оболочку — вот она-то, по сути, и становится предметом слепого поклонения, что вызывает ироничную усмешку у автора.

По роману "Твоя" снимается одноименный фильм.

УДК 821.134.2(8)
ББК 84(7Арг)

ISBN 978-5-271-25400-0 (ООО "Издательство Астрель")

Твоя

1

Мы с Эрнесто уже месяц как не занимались любовью. Или даже два месяца, не знаю. Не то чтобы меня это слишком волновало. К вечеру я уже очень сильно уставала. Может показаться странным, но если хочешь, чтобы дома все было в идеальном порядке, хлопоты по хозяйству просто выматывают. Что до меня, то я засыпала, едва коснувшись головой подушки. Но ясно, если мужу так долго нет до тебя дела, это может означать что угодно. Наверное, мне стоит поговорить с Эрнесто, спросить его, в чем дело. Я почти решилась на это. Но затем мне пришло в голову: а не случится ли так же, как и с моей мамой, которая на этот вопрос получила совсем не такой ответ, на который рассчитывала. Она заметила, что папа стал каким-то странным, и однажды спросила его: “В чем дело, Роберто?” Он ответил: “Дело в том, что я терпеть тебя больше не могу!” А затем хлопнул дверью, и с тех пор мы его не видели. Бедная моя мама.

И потом, я более-менее представляла себе, что происходит с Эрнесто. Если целый день пашешь как лошадь, а в свободное время ходишь на какие-нибудь курсы, изучаешь что-то новое, как тут под вечер не падать без задних ног? Так что я решила: не буду задавать вопросов, пока у меня есть глаза и голова, чтобы наблюдать и делать выводы. А пока я вижу, что у нас замечательная семья, наша дочка заканчивает школу, у нас есть дом, которому многие завидуют. И Эрнесто, без всякого сомнения, меня любит. С ним я никогда ни в чем не нуждалась. Так что я успокоилась и сказала себе: "Секс в свое время вернется, у тебя уже есть многое, так не стоит зацикливаться на том единственном, чего тебе не хватает". Мы живем не в шестидесятые, есть вещи не менее, а то и более важные, чем секс. Семья, домашний очаг, гармоничные отношения. Сколько таких, кто в постели просто бог, а в повседневной жизни будет вытирать о тебя ноги? И наоборот! Зачем мне требовать всего и сразу, как это сделала моя мама?

Но вскоре я поняла, что Эрнесто мне изменяет. Я никак не могла найти карандаш, заглянула в его портфель и обнаружила там бумагу с нарисованным красным сердцем, с надписью наискосок "Люблю тебя" и, чуть ниже, "Твоя". Банальная улика, но мне в самом деле стало больно. Я чуть было не пошла сразу к нему, не ткнула ему в нос эту бумагу и не спросила:

— Что это такое, сукин кот?

К счастью, я сосчитала до десяти, глубоко вдохнула и оставила все как есть. Притворяться за ужином мне стоило большого труда. Лали пребывала в том настроении, когда с ней не мог разговаривать никто, кроме Эрнесто. Меня это не особо беспокоило, я давно привыкла к ее выходкам. Но Эрнесто пришлось нелегко. Он что-то спрашивал у дочери, та ему односложно отвечала. Я не могла поддерживать беседу, мне хватило только что сделанного открытия. Но я боялась, что они что-нибудь заметят. Обычно за столом я заполняю все паузы, возникающие в разговоре, пытаюсь загладить все шероховатости, обойти все неловкие места. Щебечу, словно пташка. Чтобы не вызвать подозрений, я сказала, что плохо себя чувствую, у меня болит голова. Думаю, они мне поверили. И пока Эрнесто вел свой монолог с Лали, я мучительно размышляла о том, как же мне с ним поговорить. Первую мысль — спросить: “Что это такое?” — я к тому времени уже отвергла.

Как он мне ответит? Письмо, сердце, признание в любви, подпись. Нет, это глупый вопрос. Важно понять, значит ли для него что-то эта бумага или нет. Потому что каждую женщину когда-нибудь да обманывают. Это как менопауза: может наступить чуть позже, но никого не минует. Просто некоторые могут об измене никогда не узнать. Таким легче, ведь в жизни у них ничего не меняется. Другое дело мы, открывшие правду: мы начинаем спрашивать себя, кто она, где мы совершили ошибку, что теперь делать, прощать или нет, как отомстить за такое, и, переходя от одного вопроса к другому, можем запутаться настолько, что не найдем уже дороги назад. В конце концов, мы рискуем навоображать себе историю гораздо более серьезную и замысловатую, чем она есть на самом деле. Я не хотела совершить такой обычной женской ошибки. Определенно, та, что нарисовала красное сердце с подписью "Твоя", не могла играть сколько-нибудь важную роль в жизни Эрнесто. Я хорошо знала своего мужа, он терпеть не мог подобных штучек. "Должно быть, его от такого в жар бросило", — подумала я. Сегодня женщины слишком навязчивы. Подходят к мужику и пристают к нему, пристают, пристают, так что если он ничего не сделает в ответ, то почувствует себя идиотом. "В самом деле, — сказала я себе, — зачем тыкать Эрнесто носом в письмо и устраивать ему допрос, если уже через неделю эта женщина будет забыта?" Или не будет?

Важно только быть начеку, убедиться, что их отношения не развиваются и не углубляются. Поэтому я начала проверять его карманы, открывать его письма, следить за его расписанием, подслушивать его разговоры, сняв другую трубку. В общем, все, что в таком случае делала бы любая женщина. Как я и думала, ничего важного мне обнаружить не удалось. Только всякие мелочи. Я стала обращать внимание на то, что Эрнесто приходит домой все позже, работает по выходным, его почти нельзя застать дома. Единственное, что он не пропускал, — это родительские собрания, посвященные традиционному путешествию по случаю окончания школы, в которое собирается класс Лали. А во всех остальных случаях исчезал без предупреждения. Это меня беспокоило, ведь если он все время встречался с одной и той же женщиной, дело могло зайти довольно далеко. Однажды я проследила за ним. Был понедельник, я точно помню, потому что мы возвращались с собрания насчет путешествия Лали. Эрнесто был зол, но меня это не удивляло, после этих встреч он просто с ума сходил. Мне казалось, он немного сгущает краски. Известно, что такие путешествия проходят довольно бестолково, так что остается положиться на благоразумие своего ребенка. Что тут еще поделаешь? Эрнесто же хотел проконтролировать все от начала до конца, и все казалось ему плохо организованным. Когда мы вернулись, Лали закрылась в своей комнате, она, по сути, так и жила там взаперти. А мы пошли на кухню чем-нибудь поужинать. Тут зазвонил телефон, и Эрнесто снял трубку. Было уже поздно, я сказала, что это неподходящее время, чтобы звонить семейному человеку домой. Эрнесто занервничал еще больше, начал отвечать и быстро ушел в кабинет, чтобы поговорить спокойно. Я взяла трубку на кухне и услышала, как женский голос произнес: "Если ты не приедешь сейчас же, я за себя не отвечаю". И она бросила трубку. Эрнесто вернулся на кухню, его выдавали только особый блеск в глазах и сжатые челюсти.

— На работе очень серьезная проблема, вся система рухнула.

— Иди, восстанавливай себе спокойно эту систему, Эрни, — ответила я.

А сама вышла следом, села в свою машину и поехала за ним. Я не очень хорошо вожу, тем более ночью, но это был форс-мажор. Не вызывать же мне такси и не говорить шоферу: “Следуйте за тем автомобилем”, — как в телесериале. Знала бы я, что мне предстоит увидеть! Он приехал в парк Палермо и остановился у озера. Я погасила фары, чтобы меня не смогли заметить, остановилась метров за сто, вышла из машины и подошла поближе пешком. Я спряталась за деревом. Вскоре подошла она, Твоя. Я узнала Алисию, его секретаршу. Никогда бы не подумала, что эта женщина может рисовать красные сердечки и писать “Люблю тебя” женатому мужчине. Прежде она мне даже нравилась. Богатая девчонка, без пафоса, одевается почти как я. Итак, она подошла и бросилась ему на шею. Хотела поцеловать его, но он отстранился. Эрнесто казался раздраженным. Они заспорили. Она плакала и обнимала его, он же с каждым разом все сильнее и сильнее злился. Я стала успокаиваться, эти отношения определенно были на грани разрыва. Со мной Эрнесто за все шестнадцать лет брака никогда так не обращался. Он хотел уйти, а она старалась удержать его. Он попытался отодвинуться подальше. Та снова кинулась к нему, и он ее оттолкнул. К несчастью, она ударилась головой о ствол дерева, что росло прямо за ее спиной, и упала замертво. Эрнесто заметался как сумасшедший, стал трясти ее, пощупал ей пульс, даже начал делать искусственное дыхание рот в рот. Все бесполезно. Я не знала, как мне быть, не появиться же перед ним нежданно-негаданно со словами: "Эрнесто, тебе помочь?"

Так что я поехала домой, это было благоразумнее всего.

2

— Алло, Паула?
— Да, кто это?
— Лали...
— А, не узнала твой голос, я почти уснула.
— ...
— Ты плачешь.
— Нет, плакала, а сейчас уже нет.
— Ты поговорила со своим стариком?
— Нет, и не знаю, стоит ли с ним говорить. Ты сегодня видела, как он обо всем беспокоится?
— Да, точно.
— Ничего ему не нравится.
— Он всегда такой?
— Нет, не всегда. Но на этом путешествии он просто рехнулся.
— Он за тебя боится, бедняга.
— Да, если мы летим на самолете, ему не нравится самолет, если едем на автобусе — автобус.

— Девочка, твой старик просто боится, что ты там загуляешь. Бедняга!

— Что за чушь!

— Это шутка! У тебя что, нет чувства юмора?

— Я не вижу тут ничего смешного.

— Посмейся немного! Ты же целый день плакала!

— У меня на то есть причины.

— Да, я уж знаю.

— ...

— А с матерью ты не поговоришь?

— Ни за что. Она для меня — пустое место.

— Но тебе же надо с кем-то поговорить...

— ...

— Я хочу позвонить Ивану.

— Нет, даже и не думай! Ты же уже пыталась, знаешь, какая там задница.

— ...

— Эй, не плачь...

— ...

— Ладно, не говори никому. Скажешь после путешествия, о'кей?

— Мой старик от такого сразу умрет на месте.

— Ну, тогда пусть лучше умрет после путешествия.

— Перестань меня смешить...

— Пообещай, что ты не будешь звонить Ивану.

— ...

— Пообещай мне.

— О'кей, пока.

— Пока.

3

Когда я ехала домой, начался дождь. И не просто дождь — лило как из ведра. Щетки дворников мелькали туда-сюда, но не могли разогнать такие потоки воды. Кроме того, левый дворник чистил очень плохо. Я с огромным трудом пыталась разглядеть хоть что-нибудь. И кляла дождь на чем свет стоит. Но вскоре я нашла в этом и положительную сторону. Мне нравится во всем находить положительные стороны. Если пошел дождь, значит, следы вокруг места, где произошел несчастный случай, смоет, и это сильно облегчит жизнь Эрнесто. Всем нам.

Я взглянула в зеркало заднего вида. Дорога оставалась свободной. Интересно, что сейчас делает Эрнесто. Я и мысли не допускала, что он может пойти в полицию и рассказать о случившемся. К чему все тайное делать явным? Несчастный случай есть несчастный случай. Если бы Эрнесто явился в полицию, ему бы там задали множество неприятных вопросов.

Зачем они с Алисией встречались в парке Палермо? О чем спорили? Что у них были за отношения? Вопросы неприятные и, кроме того, бесполезные. Ведь Твоя все равно уже мертва. В несчастных случаях нет виновных, есть только жертвы. На сей раз жертвами стали двое. Одна мертва, так что тут что ни делай, толку никакого. А вторая жертва — Эрнесто, который оказался невольно втянут в это прискорбное дело. Да, уверена, в в полицию он не отправится. Что произошло, то произошло, и в живых осталось только два свидетеля событий этой ночи — Эрнесто и я. Мы оба знаем, что в случившемся несчастье никто не виноват. Вина — подкидыш, как кукушкино яйцо, говорил мой отец. На что мама ему отвечала: "Сам ты кукушонок".

Мы с Эрнесто должны будем попытаться забыть об этом эпизоде и двигаться дальше. Когда Эрнесто мне обо всем расскажет, я так ему и отвечу. Я хорошо подготовилась, даже отрепетировала свою речь. Ему, должно быть, просто не терпится мне все рассказать. Уж я-то знаю! Мы всегда все друг другу рассказываем. С девятнадцати лет, с тех пор, как мы вместе. Иногда мы можем умолчать о какой-нибудь мелочи, на которую не стоит обращать внимания. Или скрыть что-то, чтобы лишний раз не травмировать близкого человека. В браке всегда нужно беречь друг друга, иначе вы просто не сможете жить вместе. Например, раньше он ни словом не обмолвился мне о Твоей, и я это понимаю и благодарна ему за молчание. Дело именно в том, что, как я и говорила, он берег мои чувства. Из этого тоже следует, что ничего серьезного между ними не происходило. Если бы там действительно было что-то серьезное, Эрнесто выпалил бы мне в лицо все как есть и ушел бы. Эрнесто не умеет ничего скрывать. И я тоже.

Я вернулась домой, поставила машину в гараж и вытерла ее. Теперь не придется никому объяснять, с чего это я ездила под дождем. Мне не хотелось придумывать что-то вроде: “Заболел зуб, и надо было срочно съездить в аптеку”. К тому же мне не нравится сочинять. Лицо меня всегда выдает.

Я поднялась на второй этаж. Лали спала. Это хорошо. Чем меньше людей знает о наших ночных передвижениях, тем лучше.

4

— Алло.

— ...

— Алло!

— Это Иван?

— Кто его спрашивает?

— Подруга.

— У подруг моего сына есть имена.

— Лаура.

— Лаура... А, Лали!

— Да.

— Иван дома, но он не может подойти. Он спит.

— А, ладно...

— Подожди, не бросай трубку. Иван мне все рассказал. Понимаешь?

— Нет.

— Я знаю, что произошло, и мне тебя очень жаль.

— ...

— Я женщина, и я тебя понимаю, видишь ли.

— ...

— Конечно, это нелегко.

— ...

— Честно говоря, я хочу сказать тебе, как женщина женщине, — не звони больше Ивану. Это твоя и только твоя проблема.

— ...

— И заметь, я уже сказала Ивану, что не сомневаюсь ни в твоих намерениях, ни в том, что это была случайность.

— ...

— Потому что другая могла бы и усомниться.

— ...

— Но, знаешь ли, ты должна нести ответственность за свою ошибку.

— ...

— Потому что это твоя ошибка, мы договорились, да?

— ...

— Мой сын понятия не имел, что такое может случиться. Если ты его не предупредила, то откуда ему знать?

— Я...

— Женщина всегда должна об этом предупреждать.

— ...

— Мы ведь с тобой знаем, что ты поступила нечестно, да?

— Но я...

— Я не знаю, что на этот счет скажут твои родители, я с ними не знакома. И не собираюсь знакомиться, пойми меня правильно. Но я, как мать Ивана, прекрасно понимаю, что случилось, и хочу, чтобы моего сына оставили в покое. Понимаешь, дорогая?

— ...

— И если твои родители захотят о чем-нибудь поговорить, пусть позвонят прямо мне или моему мужу. Потому что, если ты или кто-то из твоей семьи будете и дальше беспокоить моего сына, то я вынуждена буду подать заявление в полицию.

— ...

— Ты меня слышишь?

— Да, но я уже вешаю трубку.

— Хорошо, что ты позвонила, и мы смогли все выяснить, да?

— Я вешаю трубку.

— И лучше всего не звони сюда больше.

— ...

— Пока, дорогая.

5

Я вошла в спальню. Мне до смерти хотелось знать, что сейчас делает Эрнесто. Я уже отбросила мысль о том, что он поехал в полицию, так что скорее всего ему потребовалось время для того, чтобы оттащить труп к озеру. И утопить там. В этом случае тем, кто будет разыскивать Твою, придется нелегко. Какая прекрасная мысль! Если бы могла, позвонила бы Эрнесто и поделилась с ним своей идеей. Но такой возможности у меня не было. Он не знал, что я тоже участвую в этой истории. На какую-то минуту я подумала: а не поступить ли мне так же, как я обычно поступаю перед своим днем рождения — применяя тактику прозрачных намеков:

— Эрнесто, сегодня ночью ты мне снился. Мне приснилось, что ты на день рождения подарил мне кожаную куртку темно-бордового цвета, который я люблю до безумия, продается в секторе три на нижнем этаже торгового центра "Галерея Пасифико". Не знаешь, может, сон был вещим? Секция сорок два.

Но в этом случае я должна была бы позвонить ему и сказать что-нибудь вроде: "Ой, дорогой, прости, что я тебя беспокою, но мне тут приснился кошмарный сон, будто ты потащил труп к озеру Палермо".

Нужно было успокоиться, а это мне никак не удавалось, ведь только тут я поняла, насколько разнервничалась. Потому как не знала, что делать. Обычно я всегда знаю, что делать, все мне понятно. Но сейчас я была растеряна. Хорошо, что никто не убивает женщин каждый день, но хуже, когда убийцей женщины оказывается твой собственный муж. Нет, слова "убийца", "убивать" здесь вообще не подходят — *слишком резкие и к тому же подразумевают преднамеренные действия.* "Произошел несчастный случай" — гораздо больше подходит. Или еще лучше: "Он ее толкнул, и она случайно ударилась затылком". Хотя слово "толкнул" — тоже не самое удачное. "Непредумышленно". Это слово я вычитала в юридическом словаре, кажется, на прошлой неделе. Если она умерла в результате того, что ее "непредумышленно" толкнули, это другое дело. Не Эрнесто же переставил это дерево туда, как раз чтобы Твоя ударилась затылком. Видно, этой женщине было суждено так умереть. Судьба или божья воля. Я в такие вещи верю. Отношусь к ним серьезно. Вижу в них знаки. С чего, например, Алисия встречалась с моим мужем в парке Палермо, а не прогуливалась с ним по Реколете? Иногда почему-то все случается так, как случается.

Тут передо мной встала новая проблема: если с несчастным случаем и вопросом вины все было достаточно ясно, то я никак не могла решить, стоит ли мне ждать Эрнесто в постели, притворяясь спящей, или лучше посидеть в гостиной. Ведь если Эрнесто вернется, как я и думаю, горя от нетерпения рассказать мне, что произошло, и найдет меня спящей, то, может быть, он постесняется меня будить. А если я буду на ногах, то как ему объяснить мою бессонницу? Было уже больше часа ночи, а я обычно к десяти вечера просто падаю, как подрубленное дерево. Привязалось ко мне это дерево!

Я надела пижаму и легла в постель. Никак не могла устроиться поудобнее. Все ворочалась с боку на бок. Попробовала расслабиться. Глубокое дыхание и тому подобное. Без толку. Я встала и спустилась в гостиную. Села в кресло. Дождь лил все сильней. Я представила себе, как сейчас мокро и грязно в парке Палермо. Представила, как Эрнесто ездит на машине кругами, чтобы привести в порядок свои мысли. Представила, как он едет домой сквозь этот дождь. Я подумала о дворниках на лобовом стекле моей машины. Тех, что ничего не чистят, потому что их уже месяц как надо поменять. Особенно левый. Я решила, что, пока жду, лучше заняться чем-нибудь полезным. И пошла в гараж поменять дворники. У Эрнесто всегда есть запчасти для автомобиля. Свечи, предохранители, все такое. Я не очень разбираюсь в механике, но Эрнесто считает, что я в ней не разбираюсь совсем, потому что возиться с автомобилем — это мужское дело. Как говорит моя мама, в день, когда ты поменяешь колесо, все решат, что ты дипломированный механик, и, даже если прорвет трубу и затопит весь дом, никто и не пошевелится. Я открыла ящик, в котором Эрнесто хранит запчасти, и стала в нем копаться. Дворники были в самом низу. Вернее, как оказалось, не совсем внизу: под дворниками я нашла конверт, который, конечно же, открыла. У меня сильно развита интуиция, я просто знала, что должна его открыть. И что же было внутри? Еще письма от Твоей. Со следами ее помады. "Сколько же можно писать такую чушь?" — подумалось мне. Я их прочла. Сплошная гадость. "Да он, оказывается, просто идиот, — возмутилась я. — Сколько же у нас в доме тайников, где он хранит всякие сувениры на память о своем романе?" Я вставила дворники на место и тщательно перерыла весь дом сверху донизу. В свое время я уже обыскала карманы Эрнесто, папки, ящики письменного стола, прикроватный столик, ящик для перчаток. Я перетряхивала книги, разбирала пачки бумаг, распарывала дно у сумок и чемоданов. Удалось найти лишь фотографию Эрнесто, со следами губной помады, оставленными Твоей. Внутри его визитницы, с надписью на обороте: “За наши общие радости!” В тот миг мне стало ясно, зачем Бог поставил ствол дерева там, где поставил. Я приложила фото и содержимое конверта к другим доказательствам, которые обнаружила несколько недель назад. И подумала: а не сжечь ли мне все это, пока не вернулся Эрнесто? Тут не следует рисковать: вдруг кто-нибудь их найдет? Не знаю зачем, но я все сохранила. Женщина никогда не знает, зачем она что-то делает. У меня было нечто вроде тайника в гараже, пока я не завела отдельного счета в банке. Для этого мне пришлось поработать: нужно было расшатать кирпич, аккуратно вытащить его из стены, отпилить половину, а вторую вставить на прежнее место. Конечно, пространства немного — всего лишь в половину кирпича. С банкнотами за ней, ясное дело. Но сейчас денежки находятся в более надежном месте. “Знал бы кто, куда может завести эта мерзость!” — думала я, складывая пополам записки и фотографии, чтобы они поместились в тайник.

И тут вернулся Эрнесто. Я спряталась за своим автомобилем, так что он меня не увидел. Мне показалось, что это будет слишком, если он выйдет из машины и встретит меня там, в гараже. Может подумать, что за ним следят. Пусть лучше пройдет немного времени, прежде чем он мне все расскажет. Налить ему виски, немного приласкать, если потребуется. Не знаю... Для того чтобы настроить его на нужный лад.

А потом мы поговорим, и нам обоим станет легче. Эрнесто вышел из гаража, и я выждала некоторое время, чтобы он успел подняться по лестнице. Я прекрасно знала, что мне нужно сделать: пойти на кухню и подогреть немного молока. А затем подняться наверх и сказать ему: "Дорогой, мне не спалось. У тебя все хорошо?"

Выходя из гаража, я взглянула на машину Эрнесто. Она была в грязи по самые стекла. Стало ясно, что какое-то время мне придется думать за двоих.

6

Ксерокопия испанской статьи по криминалистике, найденная на прикроватном столике Инес Перейры. Заметки, сделанные на полях и внизу страницы указаны в скобках.

Почва на том участке, где было совершено преступление, — то, с чего начинают свою работу эксперты-криминалисты. Так как образцы почвы могут не совпадать между собой, эксперты при проведении анализа постоянно берут новые образцы с места преступления. Сегодня криминалистика располагает высокоточной техникой, позволяющей определить, остались ли почвенные микрочастицы-наслоения на одежде или на дне автомобиля подозреваемого. *(Так, срочно выстирать одежду!)*

Также возможно действовать по обратному принципу. Если имеется подозреваемый, но до сих пор неизвестно место, в котором произошло преступление, то с помощью микроскопического анализа его одежды, его автомобиля, его жилища или его места работы возможно определить район или конкретное место, где находится труп, если речь идет об убийстве.

Проверка автомобиля имеет решающее значение. Исследуются бамперы и кузов. Если почвенные наслоения на их поверхности совпадают с образцами почвы, взятыми с места преступления, то у агентов и криминалистов появляется решающая улика. *(Вымыть дно у обоих автомобилей!)*

Кроме того, эксперты тщательно собирают комья грязи с места преступления и затем сверяют их с наслоениями, обнаруженными на шасси автомобиля подозреваемого. Если один кусок совпадает с другим, как в мозаике, то владелец автомобиля не сможет отрицать своего присутствия на месте преступления.

Следующим объектом исследования экспертов являются следы ног или отпечатки покрышек автомобиля. Для снятия следов и их дальнейшего исследования используется метод, схожий с тем, при помощи которого стоматологи изготавливают слепки челюсти. В случае, если след автомобильных покрышек является важной уликой, эксперты по его размеру и четкости могут определить модель, марку и размер участвовавшего в этом деле автомобиля. В случае, если покрышка была повреждена, автомобиль можно определить гораздо точнее, так как стандартный заводской рисунок протектора в данном случае приобретает уникальные особенности. *(Неприменимо, так как шел дождь!)*

Также исследуются следы ног на месте преступления.

Как минимум возможно определить размер обуви. Но также, ввиду большого разнообразия моделей, существующих сегодня на рынке, вполне вероятно, что эксперту-криминалисту удастся выяснить марку обуви того или тех, кто был на месте преступления. Более того, эксперты могут определить особенности походки человека, оставившего эти следы, по тому, как именно изношена подошва его ботинок. *(Интересно, но тоже неприменимо.)*

7

Я поднялась в спальню со стаканом теплого молока. Эрнесто там не было. Я вышла в коридор поискать его. Увидела, что дверь в комнату Лали приоткрыта, и направилась туда. Но не вошла, смотрела из коридора. Эрнесто плакал, сидя на полу рядом с кроватью Лали. И гладил ее. Надо же, как не вовремя он расчувствовался. Нам еще столько всего нужно сделать! Над разбитой чашкой не рыдают. А выбрасывают осколки и моют пол. Но, судя по всему, я была единственным человеком, который в этом случае мог и хотел замести следы. Но чтобы устроить настоящую уборку, как оно следует, нужно было, чтобы Эрнесто наконец-то обо всем мне рассказал. Хотя сейчас, кажется, ему больше всего хочется поплакать, сидя у кровати своей дорогой доченьки. Он ее так избаловал! Дело в том, что Эрнесто до сих пор чувствует свою вину перед ней. А ведь прошло уже шестнадцать лет! Эрнесто никак не решался жениться на мне, считал, что это слишком поспешный шаг. "Поспешный?" — спросила моя мама. Мы к тому времени уже три года как встречались, с девятнадцати лет. "Ты должна поторопить его, девочка, если не сейчас, то он никогда не решится". И я его поторопила. Это мне ничего не стоило. Один момент. Я показала ему результаты анализа. И он сомневался — не я вовсе, а он, — сомневался в том, стоит ли нам заводить ребенка. Мы об этом не говорили, но я знаю, что он сомневался. Эрнесто словно онемел, не мог сказать ни слова. Я не хотела, чтобы он совсем пал духом, так что говорила не переставая. Сказала, что мне приснилось, будто у ребенка его глаза. Сказала, что уже придумала имена: Лаура, если родится девочка, и Эрнесто — если мальчик. Сказала, как счастлива моя мама оттого, что скоро станет бабушкой. Эрнесто не произнес ни слова. "Эрнесто, ты же не думаешь, что мне лучше сделать аборт, а?" Это были волшебные слова. Эрнесто сразу заплакал, как ребенок. Забормотал: "Прости меня, прости". И, больше ничего не говоря, дотронулся рукой до моего пуза и сказал: "Малыш, познакомься со своим папой".

Я не спала, ждала его. Мне хотелось, чтобы Эрнесто рассказал обо всем, в конце-то концов! Но было уже четыре утра, а Эрнесто все не появлялся. Я могла бы пойти за ним и сказать: "Эрнесто, может, ты перестанешь устраивать сцены и все-таки ляжешь спать?" Но я не хотела давить, у него и так был очень тяжелый день. В таких ситуациях не стоит подливать масла в огонь. Да и мне тоже не помешает отдохнуть. Я выпила молоко, легла в постель и заснула.

Будильник зазвонил в половине седьмого. Эрнесто рядом не было. Это странно, он никогда не вставал раньше семи. Постель с его стороны была нетронута. От мысли, что он может спать на коврике в комнате у Лали, у меня аж мурашки по спине побежали. Я пошла взглянуть, но его там не оказалось. Он принимал душ. Я заторопилась — нужно было успеть вымыть его машину до того, как он отправится на работу. Я сделала это безупречно и невероятно быстро. Такие вещи я умею.

Когда я вошла в кухню, Эрнесто уже был там. Варил кофе.

— Привет, дорогой, — сказала я.

— Привет, — ответил он и разлил кофе по чашкам.

Я села напротив и улыбнулась ему. Я хотела, чтобы он почувствовал себя комфортно, понял, что его жена способна излечить любые раны.

— Есть новости? — спросила я, не переставая улыбаться, чтобы задать Эрнесто верное направление, ведь, как всегда, ему это было просто необходимо. Никакого ответа. Я удерживала улыбку с большим трудом, и, казалось, мое лицо застыло, как маска. Когда Эрнесто замыкается в себе, это меня страшно раздражает! Он стал пить кофе. Рядом с его чашкой лежала нетронутая газета. "Плохой знак, он начал делать глупости", — подумала я. Эрнесто никогда не выходил из дома, не прочитав утренней газеты. А пункт номер один из кодекса идеального убийцы — продолжать заниматься своими рутинными делами, как обычно. Поступать иначе — все равно что самому звонить в полицию. "Эй, парни, смотрите, вот он я — с потерянным взглядом, на мне лица нет, только что пролил кофе, потому что пронес чашку мимо рта, не кажется ли вам, что я успел натворить дел?"

— Эрнесто, ты уже прочел прогноз погоды на выходные? — спросила я, открывая и буквально вкладывая газету ему в руки.

Эрнесто сделал вид, что читает. "Боже мой! — подумала я. — Как же это будет нелегко!"

— Эрнесто, ты решил этот вопрос с системой?

Эрнесто взглянул на меня, как на врага. Глаза у него опять были на мокром месте. Я в отчаянии обхватила голову руками. Взглянула на него и сказала:

— Надо полагать, вопрос разрешился сам собой, пока ты был в дороге. Потому что через полчаса ты уже вернулся домой, я слышала шум твоей машины. Ты приехал в половине одиннадцатого и больше никуда не отлучался. О'кей? Выехал в десять и вернулся в половине одиннадцатого. У тебя не было времени, чтобы куда-нибудь добраться или что-нибудь сделать. Ты понял, да?

Не знаю, понял ли он мои слова. Ничего не говоря, он уставился на меня, и мне очень захотелось поставить его в угол. Потому что глубоко в душе Эрнесто все еще остается мальчишкой, и это его основная проблема. Он никогда не вырастет. А мне иногда надоедает быть его мамочкой. Ведь как бы ты ни любила мужчину, но всему есть пределы, а так время от времени кажется, что проще пристрелить его, чтобы не мучился.

Я как раз подумывала о том, чтобы пристрелить его, когда вошла Лали. Пробормотала "доброе утро", как и всегда. Эрнесто пялился на нее, пока она не села за стол, словно хотел что-то сказать, но вдруг схватил газету и сделал вид, будто читает. Лали насыпала себе в чашку сахар и стала помешивать кофе. Она уставилась в чашку, а сама все размешивала его и размешивала.

— Девочка моя, у тебя сейчас голова закружится, — сказала я, чтобы растопить лед.

Она подняла глаза, посмотрела на меня и снова стала размешивать, как ни в чем не бывало. Что называется, "ожгла взглядом". Лучше всего оставить ее в покое.

— Как хорошо мы все спали сегодня ночью, да, Эрнесто?

Эрнесто посмотрел на меня, и я приободрилась. Но через минуту он снова с потерянным видом уставился в свою газету. Что поделаешь, до Эрнесто подчас некоторые вещи доходят с трудом, он бывает, как я уже сказала, очень рассеянным. Человек, который убил женщину, а теперь пребывает в рассеянности. Обезьяна с гранатой. Он по-настоящему опасен. Мне стало ясно как день: если я не начну спасать положение, мы пропали.

— В половине одиннадцатого вечера ты уже спал как младенчик, да, любовь моя?

Это "да, любовь моя?" повисло в воздухе. Лали взглянула на меня с неодобрением, не знаю почему, но она всегда смотрит на меня с неодобрением. Потом она взяла свой рюкзачок и ушла. Как будто я специально хочу обидеть ее. Она говорит, что я много болтаю. А когда это я много болтала? Кроме того, она считает себя слишком умной, "как папа", говорит она всякий раз, когда приносит свой табель. А меня она явно презирает. Но я ее прощаю, кто же не простит свою дочь? Она всегда была очень серьезной, очень правильной. Думает, что умный — это тот, кто получает десять баллов из десяти по математике. Мой же ум уровнем пониже, он всегда в тени, никогда не выставляется напоказ, но куда вернее ведет к счастью. Ум практический, каждодневного применения. Тот, что может спасти ее папу от тюремной решетки. Потому что пока я придумываю алиби ее умному папочке, он сам только и делает, что жует сопли.

Прежде чем уйти, Эрнесто подошел ко мне и сказал:

— Мне бы хотелось вечером с тобой спокойно поговорить.

Наконец-то.

— Конечно, любовь моя, — ответила я.

И, уже стоя в дверях, он добавил:

— Если позвонят с работы, скажи, что я приеду к полудню, не раньше.

8

Мне хотелось проследить за Эрнесто — странно было даже подумать, каких глупостей может натворить этот человек за ближайшие четыре часа. Но тотчас в голову мне пришла идея получше: сходить к нему на работу. Я открыла шкаф и стала раздумывать, что бы надеть. Мне следует хорошо выглядеть. Но и не привлекать к себе особого внимания — нельзя забывать, что речь идет об убийстве. *И все никак не могла выбрать.* Все-таки это был особенный случай. Невозможно появиться в офисе мужа в джинсах и кроссовках. Даже в фирменных. Это вопрос имиджа. Нужно соответствовать сложившемуся у остальных в головах образу жены начальника. А жена Перейры для них — не какая-нибудь толстуха с пузом и валиками на боках. В этом-то я уверена. Мой муж всегда очень хорошо выглядит, он сочетает цвет галстука с цветом носков и готов убить меня, если на его рубашке найдется хоть одна складочка, а ботинки не начищены до блеска. Он всегда обращает внимание на детали.

Я выбрала костюмчик песочного цвета, элегантный, но скромный, я купила его на регистрацию брака одной своей подруги. Думаю, больше ни разу и не надевала. Мы живем в фешенебельном районе, каждый дом с садом и бассейном, так что шелковые платья и шпильки тут носить не будешь. Не говоря уже о чулках. В них невозможно поливать газон или подстригать кусты. Так что мы одеваемся в элегантном спортивном стиле: превосходные брюки, превосходная блузка, жилетик, иногда блейзер или пашмина. И элегантные аксессуары, которые помогают завершить образ.

Хотелось бы мне, чтобы мама меня сейчас увидела. Ей никогда не нравится, как я одеваюсь. То говорит, что одежда плохо на мне сидит, то цвет не идет. А сама всегда выглядит так безвкусно, так нелепо. В девять утра надевает на себя вечерний наряд, очень ярко красится, от нее разит духами. А ведь ей уже почти семьдесят. Мне кажется, она завела такой обычай с тех пор, когда все еще ждала, что папа однажды вернется. Бедная моя мама! Я однажды сказала ей об этом, а она залепила мне пощечину.

Девушка в приемной узнала меня прежде, чем я назвала свое имя, и очень удивилась моему появлению. Я обычно не хожу на работу к Эрнесто, не вмешиваюсь в его дела.

— Ваш муж еще не приехал, сеньора, — сказала она.

— Да, я знаю, он как раз просил меня передать, что не появится раньше полудня, мне нужно подняться наверх и сказать это его секретарше.

— Она пока еще тоже не пришла.

"И не придет", — добавила я про себя и вдруг ощутила легкое чувство вины за такие неподобающие мысли.

— Подожду наверху, мне нужно передать ей сообщение, — сказала я.

На этом наш разговор прекратился, и я поднялась в офис Эрнесто. Там никого не было. Эрнесто вечно жалуется, что раньше девяти никто не приходит. Для того чтобы осуществить свой план, у меня было полчаса. Я проверила все ящики стола Эрнесто. В этот раз я не обнаружила ничего. "Молодчина, Эрнестито, хоть тут ты не сплоховал!" Затем я обыскала и ее письменный стол. Тоже ничего. "Что за аккуратные детки!" — подумала я. Но, зная характер Твоей, которая пишет записочки с красными сердечками и дарит напоминания о любовных утехах, я не могла быть спокойной до конца. Не исключено, что у нее хранится какая-нибудь видеокассета, фотография, стринги (дома он обычно носил боксеры, а с ней — кто знает), медвежонок с дурацкой надписью ("Дай мне твоего меда" или что-нибудь в этом роде) или стихи. Не знаю, что угодно. У этой женщины должно быть что-нибудь. В ее письменном столе имелся маленький ящичек, запертый на ключ. Я вынула его, это легко, чуть-чуть терпения — и такие ящички открываются. А терпения мне хватает. Даже с избытком.

Ничего, немного денег, немного чеков, которые можно предъявить к оплате. Очень много ключей. Это меня заинтересовало — каждый ключ со своим ярлычком. Действительно ценная секретарша. "Кабинет сеньора Эрнесто". "Сеньор Эрнесто", вот ведь стерва какая! "Приемная", "Служебный вход", "Главный вход", "Переговорная". "Копия Авельянеда" — два разных ключа на одном кольце. Я сжала эти ключи в руке, раздумывая.

С ее собственного телефона я позвонила в отдел персонала. Я представилась — почему бы нет? — и сказала, что у меня срочное сообщение от моего мужа для Твоей. Конечно же я назвала ее Алисией. "И так как ее нет на месте, то мне нужен номер ее домашнего телефона и, если возможно, адрес, чтобы передать папку с бумагами". Должно быть, моего мужа на работе очень уважают, или в отделе персонала сидят круглые идиоты, потому что мне немедленно выдали эту информацию, не задавая больше никаких вопросов. Авельянеда, 345, 5-й этаж "В". Больше не потребовалось подсказок, чтобы догадаться, что означают слова "копия Авельянеда".

У меня удачный день, я и не думала, что мне так легко удастся открыть двери дома Твоей. Благословение небес. И не просто благословение, а знак. Кто-то там, наверху, хочет, чтобы я обыскала эту квартиру раньше, чем туда нагрянет полиция.

Спускаясь по лестнице, я просто сияла. Я была счастлива. "Ликовала" — вот правильное слово. Никогда бы не подумала, что посещение офиса моего мужа так плодотворно скажется на наших планах. Наших, Эрнесто и моих, хотя Эрнесто тут пока что не при делах. Широко улыбаясь, я попрощалась с девушкой в приемной. Затем взглянула на стеклянную дверь офиса и украдкой подмигнула сама себе.

Двигаясь к выходу, я поигрывала связкой ключей в кармане пиджака песочного цвета.

9

— Кто тебя прислал?
— Кузина подруги.
— Она лечилась у нас?
— Не знаю. Она мне не сказала.
— Как ее зовут?
— Белен Агирре.
— А, да. Ты, мамочка моя, знаешь, как это делается?
— Ну, да, более-менее.
— На каком ты сроке?
— Не знаю.
— Когда была последняя менструация?
— Я точно не помню.
— Попробуй вспомнить, это самое важное.
— Ну... два месяца назад, где-то так.
— Ладно, если не тянуть с этим, то можем тебя почистить вакуумной аспирацией.
— Что это?

— Это, мамочка, когда все вытягивается через трубочку, такую малюсенькую, что ты даже ее не почувствуешь. Ее вставляют, отсасывают, и все выходит. Никаких швов, ничего.

— ...

— И будешь чистенькая-чистенькая.

— ...

— Тебе плохо?

— Болит желудок.

— А, успокойся, это нормальнее некуда. Скоро пройдет. Договоримся о дате, затем два дня для отдыха и восстановления, и все будет шито-крыто. Станешь как новенькая, жить нормально.

— По мне это будет заметно?

— Что именно?

— То, что мы собираемся сделать.

— Что это по тебе заметят, мы же и делать-то ничего не собираемся!

— ...

— Если ты, мамочка моя, не хочешь, чтобы кто-то об этом узнал, то никто и не узнает, ага?

— Да.

— Я тебе выпишу рецепт на необходимый препарат. Антибиотики на потом, а накануне тебе нужно принять валиум, чтобы хорошенько расслабиться, ага? От него тебя может немного пошатывать. Тебя кто-нибудь проводит сюда?

— Не знаю.

— Ладно, я советую, чтобы ты пришла не одна, а с кем-нибудь, кому доверяешь, с подругой, ну не знаю, тебе виднее. Потому что после валиума и до анестезии у тебя будет немного кружиться голова, и не стоит тебе, мамочка моя, ходить по улице в одиночку.

— Ладно.

— Хочешь задать мне какой-нибудь вопрос?

— Нет.

— Тогда поговорим о вознаграждении. Это обойдется тебе в две тысячи песо. Принесешь их мне наличными, ведь мы не работаем с банковскими счетами, ага? Песо или доллары, все равно.

— ...

— Деньги-то, мамочка, у тебя есть?

— Да-да, есть.

— Ладно, ну что, назначим дату сейчас? Тебе подходит десятое июля?

— Нет, мы как раз в тот день уезжаем в выпускное путешествие.

— Так сколько тебе лет, мамочка?

— Девятнадцать.

— Точно?

— Да. Я оставалась на второй год.

— Потому что, знаешь, мы не принимаем несовершеннолетних, если они приходят без взрослых.

— Мне девятнадцать.

— На этот счет у нас строгие правила, проблем нам не нужно.

— Говорю же, я совершеннолетняя.

— Ладно, мамочка, только в день операции принесешь мне документ, ага?

— Ладно.

— Как лучше, до или после твоего путешествия?

— После.

— Слушай, мы не можем сильно затягивать с этим, потому что... Ты когда возвращаешься?

— Восемнадцатого.

— Восемнадцатое — это воскресенье. Понедельник у нас весь занят. Вторник, двадцатое, тебе подходит?

— Да.

— Значит, во вторник, двадцатого, в десять утра.

— Ладно, придется мне пропустить колледж.

— Ну, мамочка, смотри не перепутай.

— ...

— Так я тебя записываю на вторник, двадцатое?

— Да.

— Ладно, жду тебя во вторник, двадцатого, в десять утра. Не забудь, что платить нужно наличными, и документ, пожалуйста.

— ...

— Вот тебе рецепт на валиум.

— Да.

— Пока, мамочка.

— Пока.

— Удачного путешествия.

10

Я вошла в квартиру Твоей, как в свою собственную. Ключ побольше был от двери в подъезд. Я никого не встретила ни у входа, ни на лестничной клетке. Прежде чем войти, я надела резиновые перчатки, которые купила по дороге. За свою жизнь я видела достаточно детективных сериалов, чтобы не оставлять отпечатков пальцев где попало. Позвонила в квартиру — на случай, если Алисия жила не одна. Никто не ответил. Я вставила ключ в замочную скважину и вошла. Это была двухкомнатная квартирка, небольшая, но уютная и очень чисто прибранная.

До того как проверять шкафы и ящики, я огляделась вокруг. Множество фотографий в рамках. Семейные портреты. Все улыбаются, как на рекламе стоматологической клиники. “Думаю, скоро все эти люди будут очень долго плакать”. Две фотографии занимали особое место и привлекали взгляд: черно-белый портрет Твоей и цветное фото, на котором она обнимала девушку лет двадцати с небольшим, высокую и черноволосую. Я поискала фотографию, с которой скалился бы мой муж, но такой не нашла. Хорошо, значит, ему пока что не нашлось места среди родственников. “Невозможно повесить фотографию любовника рядом с портретом бабушки или племянницы, будто бы он такая же родня”, — решила я. Но тут я ошибалась, причина была совсем в другом.

Тщательный обыск я начала с гостиной. Я не обнаружила ничего подозрительного, того, что могло быть связано с моим мужем или где упоминалось его имя, не считая рабочих бумаг. Затем я занялась ванной и кухней. Тоже ничего. Спальню я оставила напоследок. Я знала, что если что-то и найдется, то только там. Так оно и вышло. Открыв дверь, я просто ахнула при виде двуспальной кровати. На минуту я представила себе, как Эрнесто барахтается на этой кровати и до седьмого пота занимается здесь любовью с Твоей. Меня охватила жгучая ненависть, захотелось кого-нибудь убить. Но она уже мертва. Я успокоилась, глубоко вдохнула и снова сосредоточилась на том, ради чего явилась. Я здесь не для того, чтобы раздувать пожар, а для того, чтобы погасить угли. Надо уметь видеть положительные стороны во всем, даже в этой кровати, потому что, в конце концов, если меня беспокоит то, что Эрнесто на ней валялся, теперь ведь ясно, что больше он уже тут валяться не будет. Единственное, что мне следует сделать, — это отыскать и забрать улики, которые ему потом могут предъявить. А двуспальную кровать никому предъявить нельзя, потому что от лежания на ней следов не остается. "Или остаются?" — вдруг пришло мне в голову. И я стала проверять простыни. Они были такими гладкими и чистыми, словно на них никто прежде не спал. Ни пятнышка, ни волоса, ни малейшей складочки.

Через двадцать минут я закончила с обыском шкафа и всех ящичков, в которых Твоя хранила разные мелочи. Все такое простенькое. Открытки, фотографии, куча конвертов, ракушки, салфетки из разных кафе, ложечки с длинными ручками, дневники из начальной школы. Определенно, Твоя любила собирать всякий хлам. Если бы я могла выкинуть все барахло, оказала бы большую услугу тому, кому потом придется убираться в этой квартире. Только я не хотела распоряжаться тем, что мне не принадлежит.

Но по-настоящему я удивилась, когда открыла ящик единственного в спальне прикроватного столика. Я нашла там револьвер, а под ним — два конверта. В присутствии револьвера не было ничего странного. Довольно часто бывает, что одинокая женщина, как Твоя, к примеру, покупает себе револьвер. Времена сегодня неспокойные. Я сама немного разбираюсь в оружии, потому что, когда папа ушел из дома, мама купила револьвер и научила меня им пользоваться. "Две одинокие женщины без него не могут чувствовать себя в безопасности", — сказала она. Но воспользоваться им нам так ни разу и не пришлось.

Думаю, на самом деле мама его купила, чтобы застрелить из него папу, если боевая раскраска и духи не приведут к нужному результату. Только ничего подобного она не сделала — потому что он так и не вернулся. Я взяла револьвер и проверила, заряжен ли он. Как говорила моя мама: "То, что у нас есть, должно работать".

Закончив с револьвером, я открыла первый конверт. У меня задрожали руки в резиновых перчатках. Это были два билета в Рио. Один на имя А. Сориа, то есть Алисии Сориа, Твоей. И второй на имя Э. Перейры, то есть Эрнесто, моего мужа. Это лишний раз доказывало, что отношения их давно лопнули, как воздушный шарик. Эрнесто терпеть не мог пляж и жару. Он никогда и ни с кем не поехал бы в Рио. Даже с Лали и со мной. Я поняла, что эта женщина просто бегала за ним. Конечно же это она и придумала путешествие, и заказала билеты. Так что тот спор, который закончился тем, что Твоя ударилась головой о дерево, наверное, касался именно этой поездки. Билет куда-нибудь в Барилоче[1] мог бы заказать и он. Но в Бразилию — ни за что на свете. Я хорошо знала Эрнесто, я уже больше двадцати лет его знала. Судя по дате на билетах, лететь им предстояло через две недели. Но Божий суд свершился, так что к этому

1 *Барилоче* — один из самых известных горнолыжных курортов в Южной Америке; расположен в Аргентине, в центральной части Патагонских Анд.

времени, если нам всем повезет, а полиция не станет слишком торопиться, Твоя все еще будет лежать там, где Эрнесто ее оставил.

Я спрятала билеты в сумочку и открыла второй конверт. Такого я не ожидала. В самом деле этого ни один нормальный человек и представить-то себе не может. Сначала я разозлилась. Очень сильно разозлилась. А затем почувствовала жалость. Что еще я могла ощутить, глядя на эти снимки? Черно-белые, совсем небольшие, вроде тех, что щелкают на праздниках, чтобы потом из многих кадров выбрать один. На фотографиях был Эрнесто. Голый. Совсем. И кому это могло прийти в голову — фотографировать Эрнесто в чем мать родила! У Эрнесто есть свой шарм, но только когда он одет! В голом виде у него слишком многое свисает. Ему уже не двадцать лет. Он дряблый со всех сторон. Даже я, его жена, стараюсь не смотреть на него, когда он выходит голым из ванной. Он не кажется мне тогда привлекательным. Одетым — да, одетый — это другое дело. У Эрнесто всегда был хороший вкус, он элегантен. Но тут он сидит на стуле в чем мать родила и смотрит в камеру с эдаким идиотским выражением лица. Неужели ему не пришло в голову, что когда фотографии будут печатать, кто-нибудь в фотомастерской может увидеть его обвисшие булки? Неужели он хотел бы вставить эту фотографию в рамку?

Я еще раз, почти с отвращением, перебрала фотографии из конверта и сунула их в сумочку. Прочее оставила как есть. Но, уже подойдя к двери, я вернулась. Открыла ящик прикроватного столика и взяла револьвер. Не знаю зачем — внезапный порыв. И потом, револьвер всегда вызывает подозрения. Причем серьезные.

Я приоткрыла дверь и убедилась, что на лестничной площадке никого нет. Спускаясь в лифте, я поздравила себя с тем, как удачно все вышло. У меня в сумочке достаточно улик против Эрнесто. Ложных улик, ведь мы с ним оба знаем, что произошел несчастный случай. Важно не то, что есть на самом деле, а то, что об этом могут подумать. Ведь если бы кто-нибудь нашел эти несчастные фотографии Эрнесто и билеты, то было бы сложно доказать его невиновность. Кроме того, от одной мысли о том, что эти снимки могли бы попасть в чужие руки, у меня мурашки по спине бегут. Какой удар для образа добропорядочного мужчины! Но, к счастью, я уже побывала здесь, так что ничего подобного не произойдет.

Не успела я отойти от дома на несколько шагов, как перед подъездом остановилось такси. Из машины вылезла та самая брюнетка с фотографии на стене. Высокая, с длинными волосами. Она была чем-то взволнована. И очень спешила. Такси осталось ждать у подъезда. А она открыла дверь своими ключами и вошла. Если бы я задержалась еще минут на пять, мы бы встретились прамо в квартире. Я поискала место, откуда можно незаметно понаблюдать за происходящим. Напротив дома был бар, туда я и направилась.

Выбрала столик у окна. Подошел официант и встал рядом со мной. Я заказала кофе — не потому, что хотела что-нибудь выпить, а просто чтобы поскорее избавиться от него. Он продолжал смотреть на меня, на мои руки. Я тоже взглянула на них и увидела, что я до сих пор в резиновых перчатках. "Вот прокол — так спешила, что забыла снять", — подумала я. Под столом сдернула перчатки и положила в сумочку. Официант развернулся и ушел за кофе.

Через некоторое время из дома вышла брюнетка, разговаривая с каким-то мужчиной, по виду здешним консьержем. Она выглядела обеспокоенной. Мужчина качал головой и тоже выглядел обеспокоенным. Проводил ее до такси, открыл дверцу машины. Брюнетка протянула ему визитную карточку, села в такси и уехала.

Когда официант принес кофе, мне все уже стало ясно, и можно было идти. А парень явно разозлился. Он был довольно неуклюж, и внешность у него тоже не очень: седые волосы до того длинные, что их можно собрать в хвост, и абсолютно черные усы. Урод. Хуже того, он случайно задел ногой стол, и половина сахара из сахарницы просыпалась. Я протянула ему деньги и вышла, даже не притронувшись к кофе.

Было прекрасное солнечное утро, и я прогуливалась по Ривадавиа, размышляя и никуда не торопясь. С моей шелковой юбки при каждом шаге все еще падали крупинки сахара, я заметила это и немного расстроилась. Отряхнула юбку и снова попыталась сосредоточиться. Вернулась к своим размышлениям. Если не ошибаюсь, то в эту игру я играю не одна. И если брюнетка обеспокоена исчезновением своей "знать-бы-кого", то мы с ней пойдем по одному пути. Пока что у меня есть несколько часов форы, но я не имею права на ошибку. Дело становится более трудным, но и более захватывающим.

Я зашла в салон и сделала депиляцию. Как говорила моя мама, "женщина должна выходить на улицу с гладкими ногами и в чистых трусах". И тут она права. В этой жизни надо быть готовой к чему угодно, всего предусмотреть невозможно.

Никогда не знаешь, что с тобой может случиться.

11

— И что ты будешь делать?

— Не знаю.

— Говорю же тебе, этот документ...

— Какой документ?

— Тебе же сказали, что если ты несовершеннолетняя, то они тебе ничего не сделают?

— Пау, а еще нам не должны продавать пиво и пускать в ночные клубы...

— Ой, Лали, ты же не пиво покупаешь...

— И что? Купить можно все, были бы деньги. Это все равно что пятьсот бутылок пива.

— Пятьсот?

— Принесу деньги, и они все сделают, если будет оплачено.

— ...

— Мне назначили на двадцатое.

— Ой, как близко...

— Ага...

— ...

— ...

— Так ты своим предкам ничего не будешь говорить?

— Нет, не буду.

— ...

— Мой отец какой-то странный, думаю, он что-то подозревает.

— Да?

— Вчера он заглянул ко мне в комнату поздно ночью. Я притворилась, что сплю.

— И?

— Он плакал.

— Плакал?

— Мне так показалось.

— Не думаю, что он знает...

— Он мог подслушать наш разговор.

— Но он бы тебе сказал...

— Не знаю.

— ...

— ...

— Нет, все-таки вряд ли. Послушай, Лали, твой отец не стал бы говорить все эти глупости, которые он говорит на собраниях по поводу путешествия, если бы знал, что с тобой случилось.

— Да, тут ты права.

— ...

— Но я волнуюсь за своего отца. Он плохо выглядит... А вдруг это из-за меня?

— Не накручивай себя. Я думаю, твой отец ничего не знает.

— ...

— ...

— Я купила себе курточку.

— Да? А какую?

— Пуховик. Потому что другая была слишком тонкая, и я в ней замерзну.

— Да, я тоже думаю надеть пуховик. Как ты думаешь, одной куртки хватит?

— Я еще возьму с собой кожаную куртку, на вечер.

— Да, ты права, не стоит все время ходить в одном и том же.

— ...

— А берцы ты себе наконец-то купила?

— Отец дал мне денег, но я лучше их приберегу. Чтобы набрать две тысячи.

— А...

— ...

— ...

— ...

— Думаю, я смогу одолжить тебе сотню-другую.

— О'кей.

— А у Ивана ты денег не попросишь?

— Нет.

— Каким же козлом он оказался!

— ...

— И сколько тебе не хватает?

— Пятьсот с чем-то.

— Что же ты будешь делать?
— Украду.
— Прикалываешься?
— Нет, украду их у матери.
— Но она же заметит.
— Да, только никому об этом не скажет.
— Поче...
— Потому что она сама ворует деньги у моего отца.
— ...
— У нее есть тайник в гараже, за кирпичом.

12

Я вернулась домой. Прежде всего спрятала свои трофеи в гараже, в той самой дырке в стене. Не забыв надеть резиновые перчатки. Револьвер туда не поместился, так что в результате я оставила его в багажнике своей машины, под запасным колесом. Больше никаких особых дел у меня не было, оставалось только вымыть посуду после завтрака и немного убраться в доме.

Но сначала я сняла костюм и наконец вздохнула свободно. К трем часам дня все уже было готово. Я решила, что теперь могу отдохнуть, спокойно посидеть в кресле в гостиной, выпить кофе и просто немного расслабиться. Так я и поступила. Но уже через пятнадцать минут я просто не находила себе места от нетерпения. Было невозможно вот так спокойно сидеть и ждать, пока Эрнесто вернется и все мне расскажет. Я решила снова заняться уборкой. На самом деле в доме было довольно чисто, но я принялась за то, что моют не каждый день. Фланелевой тряпочкой протирала створки шкафов, полировала до блеска металлические ручки, натирала полы воском. Даже испекла печенье. У меня был записан рецепт пирога из артишоков, но я остановилась на печенье. К пяти часам я уже падала с ног от усталости. И все сильнее нервничала. Эрнесто никогда не приходит домой раньше девяти, а я, если и дальше буду продолжать в том же духе, через четыре часа буду лежать в постели, не в силах пошевелиться. А ведь к тому часу мне нужно, как никогда, быть бодрой, сосредоточенной и очень внимательной.

Так что я решила взять быка за рога и поехала на работу к Эрнесто. И на входе в здание мне встретилась та самая брюнетка, с которой мы чуть было не пересеклись сегодня утром в квартире Твоей. Я захотела было проследить за ней. Но раздумала. Вошла, поздоровалась с девушкой в приемной. Она была чем-то занята и заметила меня не сразу. Прежде чем пройти дальше, я задала ей несколько вопросов.

— Эта высокая брюнетка, которая только что ушла... Мне кажется, я откуда-то ее знаю. Она здесь работает?

— Нет, это Чаро, племянница Алисии Сориа.

— А, Алисия наконец-то здесь...

— Нет, и это странно, она даже не позвонила.

— И ее племянница волнуется?

— Наверное, со мной она даже не поздоровалась, сразу же прошла к лифту и поднялась наверх.

— Ладно, ее тетя уже взрослый человек, сумеет о себе позаботиться, — сказала я и тоже вошла в лифт.

Я поднялась на этаж к Эрнесто. Дверь его кабинета была приоткрыта, так что из коридора мне было его прекрасно видно. Он сидел за абсолютно чистым письменным столом, весь какой-то озабоченный, с потерянным взглядом. А занят он был только тем, что ломал канцелярские скрепки: сначала разворачивал проволочные дужки, потом рвал их на мелкие кусочки. Я решительно вошла:

— Привет, Эрнесто, тебе уже сказали, что я приезжала сюда утром? Я забыла передать, что ты приедешь лишь к полудню, и так как у меня были кое-какие дела в центре... — С этими словами я села напротив.

Не знаю, знал ли он уже о том, что я была здесь утром, или только что услышал, но, кажется, его это не особо волновало, потому что он ничего мне не ответил. Вместо этого он вдруг совершенно неожиданно для меня пробормотал:

— Какое совпадение, я как раз думал о тебе.

Я взглянула на разломанные скрепки у него на столе.

— И что же ты думал?

— О разговоре, который предстоит нам сегодня вечером.

— За этим я и приехала. У меня выдалось свободное время, и, думаю, не стоит вести такой важный разговор поздно вечером. Кажется, ты чем-то взволнован.

— Да, я взволнован, Инес, — сказал он, потянулся через стол и взял мои руки в свои.

Думаю, мы с Эрнесто не держались за руки уже лет пятнадцать или шестнадцать. Моя мама говорила: "Букет цветов от мужчины опаснее, чем его же пощечина". Но мне так понравилось, что он схватил меня за руки...

Эрнесто продолжил, глядя мне прямо в глаза:

— То, о чем я должен с тобой поговорить, очень важно. Возможно, это причинит тебе боль. — У него было подходящее к случаю испуганное выражение лица. — Но ты моя жена, и я должен тебе об этом рассказать. Мы уже двадцать два года вместе...

"Всего лишь двадцать, Эрнестито, даже в этом ты начинаешь путаться", — подумала я, но не стала его поправлять, это показалось мне неуместным.

— Ты и Лали — самое главное, что есть у меня на свете, — сказал он со слезами на глазах.

Я сжала его руку и сказала:

— Знаю, Эрнесто.

— Если бы я мог промолчать, не впутывать тебя во все это, клянусь, я бы так и сделал.

— Эрнесто, прошу тебя, доверься мне.

— Дело не в доверии, дело в том, что я не хочу причинять тебе боль.

"Ой, жизнь моя, да причини ты мне наконец немного боли и давай разом покончим со всем этим!" — подумала я, а вслух ответила:

— Эрнесто, я кажусь слабой женщиной, но внутри я очень сильная. И потом, я всегда буду с тобой, Эрнесто.

— Спасибо, любовь моя.

Он произнес "любовь моя"! Эрнесто никогда не называл меня своей любовью, даже когда уговаривал лечь с ним в постель в первый раз. Самое нежное, что он говорил мне за всю жизнь, это — "я тоже" в ответ на мое "люблю тебя". "Давай, Эрнесто, скажи, что именно "ты тоже"?" — разочарованно спрашивала я его в первые годы. Позже я привыкла к его молчанию. Эрнесто немногословен по натуре. А тут ему приходится ходить вокруг да около, чтобы рассказать мне о Твоей.

— Я не хотел бы, чтобы эта история как-нибудь испортила наши отношения, ведь мы столько лет были счастливы...

"Не беспокойся, отношения наши портит лишь то, что ты тряпка", — подумала я, но ничего не ответила.

— Я... Ты ведь знаешь Алисию, мою секретаршу, да?

— Да, конечно.

— Не расстраивайся, Инес, только Алисия и я...

— Алисия и ты, что?

— Мы с ней втянуты в такую ситуацию... сложную...

— Эрнесто, да не ходи ты вокруг да около, скажи мне, что должен сказать, я готова.

Эрнесто глубоко вздохнул, посмотрел мне в глаза и выпалил:

— Алисия меня сексуально домогалась.

Я чуть не засмеялась:

— Поверить не могу!

— Да, это очень печально, я никому не хотел об этом рассказывать, хоть и пережил несколько очень неприятных моментов.

— Представляю себе...

— Никому такого не пожелаю.

— Да уж.

Сначала я заподозрила его во лжи, но потом поняла: если это правда, то все совпадает. Ведь действительно все найденные мной письма были адресованы Эрнесто, и я не знаю, отвечал ли он на них, а если отвечел, то как именно. Я же сама решила, что билеты в Рио могла купить только она. Я почти готова была принять его объяснение, но тут вспомнила про фотографии, те самые, что лежали рядом с револьвером. Интересно, как же Твоя заставила его раздеться, чтобы позировать? И даже улыбаться в камеру, будто бы говоря: "Виски". Стоит начать сомневаться в своих собственных выводах, как тотчас окончательно запутаешься, и я запуталась. Ведь ясно, что Эрнесто мне лжет. Но важно не это, важно, почему он так делает. Эрнесто лжет, потому что любит меня — это так просто и все объясняет. Зачем рассказывать мне о своей измене, если это уже дело прошлое? "Эрнесто — чудесный человек", — подумала я. Не то что другие, которые сначала ходят налево, а потом бегут домой каяться: "Дорогая, я не могу тебе лгать, должен признаться, что я изменил тебе с твоей лучшей подругой". — "Так солги же, сукин сын, я заслуживаю хотя бы этого!" — нужно бы ответить такому распутнику. Конечно же Эрнесто не распутник. Просто образцовый мужчина: он не говорит мне правды, не обвиняет меня в своих грехах, в общем, ведет себя так, как следует.

— Я бы никогда не рассказал тебе об этом, если бы не произошло нечто ужасное...

— Эрнесто, не пугай меня... — Мне самой понравилась эта фраза, думаю, она очень подходила к случаю.

— Ты помнишь, как поздно вечером мне позвонили и я должен был уехать, да?

— Да.

— Это была она, она сказала, что если через полчаса мы не встретимся возле пруда Палермо, то она совершит нечто безумное. Пойми, я не мог допустить, чтобы эта женщина покончила с собой.

— Как же я могу не понять тебя, Эрнесто?

— И я поехал туда. Я обманул тебя, прости, никакого совещания на работе не было. Я должен был ее остановить.

Я кивнула головой.

— Мы с ней встретились, и она решила, что я приехал совсем с другой целью — чтобы уступить ее домогательствам... Представляешь себе, Инес?

— Эта женщина была просто сумасшедшей, Эрнесто! — вскрикнула я. И сразу поправилась: — Эта женщина просто сошла с ума!

— Она кинулась ко мне, хотела поцеловать... Не знаю, мне так стыдно рассказывать тебе об этом.

— Эрнесто, успокойся, я же твоя жена.

Эрнесто поцеловал мне руки.

— И тут произошел несчастный случай. Я пытался отодвинуться от нее, не хотел, чтобы она меня трогала, целовала. Она же не понимала слов и решила действовать. Схватила меня за плечи... И я, чтобы освободиться, оттолкнул ее. И тогда...

Я нарушила тревожную паузу, ударив ладонью по столу: бум!

— Она упала, и очень неудачно — ударилась головой о ствол дерева.

— Какой ужас! — вскрикнула я, прикрывая рот ладонью.

— Злой рок, — сказал Эрнесто.

— Прискорбный несчастный случай, в котором никто не виноват, — добавила я.

— Именно, — согласился Эрнесто.

Я нежно погладила его по щеке, мы посмотрели друг на друга и улыбнулись. Он снова стал целовать мне руки.

— Я тебя втягиваю во все это лишь потому, что не хочу, чтобы эта история вышла за пределы нашей семьи. Лучше скрыть то, что случилось с Алисией. Как женщина, ты должна меня понять.

— Конечно же, Эрнесто, я тебя понимаю.

— Вот я и подумал, что лучше не заявлять о случившемся, пусть все идет как идет, а потом, если кто-то начнет разыскивать Алисию, то я тут буду ни при чем.

— Полностью согласна с тобой, Эрнесто.

— Мне очень тяжело... Представь: вести себя так, будто я знать ничего не знаю, тогда как бедняжка...

Эрнесто совсем расстроился.

— Кстати о бедняжке, Эрнесто, где она сейчас?

Эрнесто вздохнул:

— Я утопил ее в пруду.

Эрнесто сжал мою руку. И я чмокнула его в ладонь.

— Как это ужасно, Эрнесто, тебе пришлось затаскивать ее в воду...

— Нет, в воду я не полез. Взял одну из прогулочных лодок, погрузил ее туда, отплыл на середину пруда, ну и...

Эрнесто почти плакал, я подошла и обняла его.

— Я должен попросить тебя кое о чем.

— О чем угодно.

— Лучше, если я буду говорить, что в тот день был дома и никуда не уходил. Мне нужно это алиби, ничего другого я придумать не могу. Если сказать, что я уезжал и сразу же вернулся, то меня могут запутать, замучают разными вопросами. Не знаю, как тебе это...

— Конечно же, я согласна, разве нам нужны лишние объяснения?

— Да, это действительно был несчастный случай.

— Эрнесто, той ночью после ужина мы были дома, смотрели фильм, я потом уточню какой, занимались любовью, а затем уснули.

— Спасибо, Инес.

— Люблю тебя, Эрнесто.

— Я тоже.

Эрнесто поцеловал меня в губы так, как не целовал уже много лет.

Из офиса я вышла заметно успокоенной. Мне стало ясно, что Эрнесто может справиться с ситуацией гораздо лучше, чем я себе представляла.

Я возвращалась домой, уверенная, что сегодня ночью у нас будет дикий, необузданный секс.

13

Ксерокопии, найденные в доме семьи Перейра. Определить источник невозможно, данных недостаточно. Указанные ксерокопии находились в багажнике автомобиля, которым обычно пользовалась Инес Перейра, под запасным колесом. Заметки, сделанные на полях и внизу страницы, будут приведены в скобках, после соответствующего абзаца. Крестиками обозначены части текста, пометки на которых невозможно расшифровать, но которые, очевидно, должны привлечь внимание к абзацу или к отдельному предложению.

> Существуют различные виды смерти. *(Или убийства!)*
>
> В отличие от прошлых времен, сегодня не так просто раздобыть эффективный яд, кроме того, отравляющие вещества легко диагностируются современной криминалистической экспертизой.

Огнестрельное оружие, хотя оно с каждым днем становится все доступнее, обладает одной важной особенностью: сравнительно несложно, в случае необходимости, определить, из какого оружия и кем было осуществлено убийство. Поэтому огнестрельное оружие в большинстве своем используется при запланированных, организованных нападениях. (XXXXXX)

Наоборот, если речь идет о спонтанных нападениях, то часто используется нетипичное оружие: начиная от обычного кухонного ножа и заканчивая тесаком или ножницами.

Кроме того, любой достаточно тяжелый предмет может быть использован для того, чтобы нанести серьезные повреждения, к примеру — молоток, канделябр, черенок от какого-нибудь инструмента. (XXXXXXX *Ствол дерева* XXXXX)

В судебной медицине под травматизмом понимается любое повреждение, нанесенное человеческому организму. Для обозначения травм, вызванных ударом тела о ровную или неровную поверхность, а также о тело другого человека или животного, используется один и тот же термин — удар.

Судебная медицина выделяет в качестве одного из видов ударов — болезненные ушибы, а среди них — падение и его разновидности. Юридически действие определяется как падение, если субъект стоял на ногах, а затем упал. *(Стоял на ногах, и его толкнули.)*

Различают падение с высоты до 50 метров и падение с высоты более 50 метров. Падение, и это важно отметить, почти всегда происходит в результате несчастного случая. (XXXXXXX) По крайней мере так его определяет судебная медицина. В отличие от этого падение с высоты может быть результатом несчастного случая, убийства или самоубийства. *(О'кей, это было падение.)*.

14

Следующие несколько дней я провела словно в аду. Ничего не происходило. А кому понравится мыть посуду, подметать или гладить, если на самом деле ты покрываешь убийцу? Как тут спокойно варить карамель, чистить туалет, доставать продукты из холодильника? Как выносить вечно кислую мину дочери-подростка?

Только в четверг события сдвинулись с мертвой точки. В полдень я смотрела выпуск новостей и что-то жевала. За едой я всегда смотрю информационные выпуски, правда, отключаю звук. Сейчас такие новости, что после них кусок в горло не лезет! Я прибавляю громкость, только когда начинают рассказывать о культуре или передавать прогноз погоды. Но тут я увидела на экране знакомое лицо и включила звук раньше, чем собиралась. Это была Чаро, племянница Твоей, она выходила из полицейского участка вместе с пожилыми супругами, которые оказались родителями убитой. Про убитую я добавила от себя, журналист говорил об “исчезнувшей дочери доктора Сориа”. Судя по тому, что новость пустили в самом начале выпуска, этому событию журналисты придавали большое значение, наверное, еще и потому, что отец Алисии был врачом, довольно известным, хоть сейчас и на пенсии. Родители выглядели подавленными, и брюнетка помогала им сесть в машину, а вокруг суетились журналисты с микрофонами и фотоаппаратами. И на какие-то вопросы отвечала только она, Чаро. Я пристально смотрела на нее. Определенно, она не красотка. Хотя внешность у нее броская, и к тому же рост очень высокий, даже слишком. Но не красавица. Что-то в ее внешности меня особенно задевало, я все смотрела и никак не могла понять, что же именно. Пока наконец ее не показали крупным планом, садящейся в автомобиль. У нее были груди! Такие сиськи, какие я просто ненавижу! Круглые, твердые, выпирающие! Молодая грудь. Но у меня даже в молодости такой не было. И у моей мамы тоже, поэтому она люто ненавидела расхожую фразу о том, что первоклассная грудь должна целиком заполнять бокал для шампанского. Разумеется, круглый бокал, а не вытянутый. Или бокал для сидра? В юности у меня была такая фантазия. Я к ним примерялась, к этим бокалам. Правда, на расстоянии. Но так и не осмелилась взять да и попробовать. Я боялась, что мою грудь засосет в бокал и она застрянет там навсегда. Словом, обычные глупости невинного возраста. Сегодня таких страхов у меня уже нет. Но я прекрасно знаю границы собственных возможностей — со своей грудью я такого номера проделать не смогу. А вот Чаро — запросто.

Я перестала думать о груди. Переключила канал, просмотрела все информационные выпуски и каналы новостей, но повсюду повторяли одно и то же короткое сообщение о "таинственном исчезновении дочери доктора Сориа". Мне стало жаль Твою. Но не потому, что она умерла. Таков закон жизни: одни рождаются, другие умирают. Никто не знает, когда наступит его черед, и от этого никуда не денешься. Мне стало жаль ее, когда я услышала, как о ней говорят. Алисия навсегда останется "дочерью доктора Сориа". Конечно, Алисию можно называть Твоей только тайком. Что до меня, то я в свое время стала зваться по-другому. Я перестала быть "дочерью Бланки", когда стала "женой Эрнесто". И мне нравится, когда меня так называют, это обозначает мое место в жизни. Мою территорию. И потом, хорошо, что все остальные знают — ты не одна, есть мужчина, который за тебя платит, и если ты проколешь колесо на своем автомобиле, есть тот, кто тебе его поменяет. Мы живем в мире, которым правят мужчины, следует признать это. Потому моя мама и стала называть себя "вдовой Ламаса". Хотя мой папа, наверное, был еще жив, только находился где-то далеко.

Нужно было сообщить Эрнесто, что про исчезновение Твоей теперь известно всем. Но мне показалось неосмотрительным говорить такие вещи по телефону. В этой стране слишком легко подслушать чужие разговоры. Я сама узнала о встрече Эрнесто с Твоей, взяв другую трубку. Не говоря уже о мобильниках, их всегда прослушивают и отслеживают. По телефону я болтаю только о всякой ерунде. А про Твою следует говорить очень осторожно. Кроме того, мне ничего не стоило съездить к Эрнесто на работу и сообщить ему новость лично.

Когда я приехала в офис, девушка в приемной была занята, получала какую-то почту, так что я прошла к лифту, не поздоровавшись. Поднялась на этаж к Эрнесто. Разумеется, секретарши не было на месте, так что я направилась прямо в его кабинет и открыла дверь. Эрнесто был не один, напротив него за столом сидела какая-то женщина.

— Прошу прощения, я не хотела вас прерывать.

Женщина обернулась. Это была Чаро. Она плакала. Эрнесто представил нас друг другу. Брюнетка поднялась, вытерла слезы и пожала мне руку. Я еще раз почувствовала, до какой степени ненавижу ее груди. Вживую они намного эффектнее, чем на экране. Белая майка обтягивает два полушария.

— Соболезную по поводу вашей тети.

— Мы надеемся, что соболезнований приносить не придется.

Вот ведь грубиянка! В конце-то концов, я всего лишь посочувствовала ее семье в их горе. Бывают же такие люди на свете!

Эрнесто проводил ее к лифту. Я осталась ждать.

15

— Перестань плакать, я ничего не понимаю.
— Все очень плохо, поняла?
— Еще хуже?
— ...
— Давай, расскажи мне.
— Мой отец...
— Ты это уже сказала!
— Нет!
— Ладно, ненормальная, не ори ты на меня, я тут ни при чем.
— ...
— Ладно, давай...
— ...
— Давай, не плачь.
— ...
— Ну прекрати же хоть ненадолго и расскажи.
— Мой отец ходит к другой бабе!
— Я тебе не верю! Не может быть!

— Да.

— А на вид такой святоша.

— Сукин сын!

— Слушай, а это точно?

— Да, я прочла письма от этой бабы.

— А где ты их нашла?

— В гараже, в тайнике моей мамаши.

— Значит, твоя мать в курсе.

— И притворяется дурочкой. Моя мать еще хуже, чем он.

— Ну у вас и бордель!

— Меня от этого тошнит.

— А ты еще боялась рассказать своему старику о том, что с тобой случилось.

— Я круглая идиотка.

— Так давай, выложи ему все наконец!

— Зачем?

— Затем, чтобы он помог тебе хотя бы деньгами.

— Да пусть он подавится этими деньгами!

— ...

— ...

— И как, дома у тебя все нормально?

— Да, они оба притворяются. Спят вместе и все такое.

— Да ну, и трахаются?

— Откуда я знаю!

— Нет, нужно иметь стальные нервы, чтобы спать с человеком, про которого ты знаешь, что он спит с другой...

— ...

— Прости, я знаю, что он твой отец, но ладно, он вообще-то способен на такое или нет?

— Насчет моей матери я бы ничему не удивилась. Но мой старик... никогда бы не подумала.

— Все они одинаковы, вечно учат тебя, что ты должна делать, а сами творят что хотят.

— Я тоже поступлю так, как хочу.

— Да, разбирайся со своей проблемой и больше себя не накручивай.

— ...

— Ты достала денег?

— Теперь я не знаю, что мне делать.

— Слушай, я тебе могу одолжить, сколько сказала.

— Теперь я не знаю, что мне делать.

— Но назначенная дата все ближе.

— Да, я знаю.

16

Эрнесто проводил Чаро до выхода. Пока они ждали лифт, он убедился, что никто за ними не подсматривает, и поцеловал ее. Что за глупость, если бы Инес увидела, то это могло бы сильно все осложнить. И все-таки он ее поцеловал. Чаро резко отшатнулась от него. Она рассердилась. Не время для нежностей. Она и без того очень переживает. Как-то неловко все вышло. Он несколько раз нажал на кнопку вызова лифта. Двери открылись. Она стояла в кабине и пристально смотрела на Эрнесто, пока двери лифта не закрылись. Ничего не говорила, только смотрела.

Эрнесто вернулся в кабинет. Сама мысль о том, что там ждет Инес, его невероятно раздражала, но тут уж ничего не поделаешь. Жена должна быть на его стороне. Ведь в ночь смерти Алисии там, у пруда, он вроде бы видел, как Инес села в машину и уехала. Он подумал было, что это галлюцинация, вызванная потрясением, которое он только что пережил. Но судя по тому, как жена повела себя на следующий день, это был не мираж. Она была там и все видела. Это совершенно ясно.

И теперь Эрнесто должен быть уверен в том, что она не проболтается ни при каких обстоятельствах.

Эрнесто не ошибся. Когда он вошел в кабинет и сел за стол, то сразу же убедился, что его супруга держит руку на пульсе событий. Без особых предисловий Инес выложила ему свою версию алиби. Она все продумала. Вместе они смотрели фильм, "Психо" Хичкока, который показывали в ночь смерти Алисии по двадцать третьему каналу в десять часов. Затем они пылко занимались любовью, после чего погасили свет и уснули. Без расхождений, оба должны говорить одно и то же. Про жаркие любовные утехи упоминать было не обязательно, но эта часть рассказа больше всего нравилась Инес, и Эрнесто не решился возразить.

Он слушал свою жену, а думал о Чаро. Его так тянуло к ней, к Чаро. Он мечтал быть с ней. Кто бы мог подумать, что его жизнь вдруг столь резко изменится. На прошлой неделе они договорились съездить в Бразилию. Вместе с Чаро. Ей очень хотелось. Он позвонил в агентство и заказал два билета. И эти билеты стали началом конца. Эрнесто специально попросил в агентстве, чтобы билеты доставили ему лично в руки. Но их отдали Алисии. Его секретарше. Той, что обычно ведет дела с агентством, когда он едет куда-нибудь. Но тут был совсем другой случай. Потому что он хотел поехать с Чаро, и Алисия не должна была ничего знать об этом. Алисия увидела билеты и решила, вообразила себе, будто “А. Сориа” означает “Алисия Сориа”. Ей и в голову не пришло, что есть еще одна “А. Сориа” — Ампаро, ее племянница. Или Твоя, как она обычно подписывалась. Но так же подписывала последние семь лет свои послания к Эрнесто и Алисия. До тех пор пока между ними не встала ее племянница. Алисия сама же их и познакомила у себя дома. Алисия никогда ни о чем не подозревала. Она чувствовала, как Эрнесто отдаляется от нее, но не думала, что за этим кроется что-то серьезное. До того мига, пока не появились два билета. Нужно было рассказать Алисии обо всем. Это сделала Чаро. Алисия залепила ей пощечину и выгнала из своей квартиры.

Инес все говорила, но Эрнесто ее не слушал. Он хотел, чтобы она ушла. Она спросила про Чаро, чем та занимается. “Тебе-то что за дело?” — подумал он про себя. Но сказал ей правду: она фотограф, работает в каком-то журнале. А сам все мечтал о Чаро. Представил себе, будто идет искать ее. Куда-нибудь. Чаро постоянно ходила по всяким злачным местам, фотографировала. Бегала по ночным клубам в поисках известных людей и снимала их. Он представил себе ее в толпе. Бретелька от майки сползает, и он видит край лифчика. Белого. Нет, лучше черного. Он почти что дотронулся до него, но тут Инес встала. Эрнесто проводил ее до лифта, но не стал ждать, пока она войдет в кабину. Вернулся к себе и позвонил Чаро. Та не брала трубку. Он позвонил еще раз. Телефон был отключен. Тогда он и на самом деле отправился искать ее. Обошел несколько мест и обнаружил Чаро в новом клубе у бывшего железнодорожного моста. Увидев его, она заволновалась. Эрнесто и сам знал, что сильно рискует. Чаро не хотела, чтобы их видели вместе на людях, это опасно. Но ему уже было все равно, он так хотел прикоснуться к ней. Эрнесто смотрел на нее и не мог оторваться. Она разговаривала с каким-то типом за стойкой. Эрнесто двинулся в ее сторону. Чаро попрощалась со своим собеседником, взяла камеру и сделала Эрнесто знак следовать за ней. Он стал протискиваться сквозь толпу. Было очень много шума. И много дыма. Эрнесто решил было, что потерял ее. Но вдруг он увидел, как она выходит через боковую дверь. Он пошел туда же и оказался на складе, где хранятся продукты и напитки. Ее нигде не было видно. Он шагнул вперед. Внезапно Чаро вышла откуда-то из-за холодильника и оказалась прямо перед Эрнесто.

— Ты что, совсем идиот? — спросила она.

И тут Эрнесто накинулся на нее, прижал к двери. Он не переставая ласкал Чаро. Та все жаловалась на него. Говорила, что он сумасшедший. Но Эрнесто никак не мог остановиться. Чаро ругалась, а он продолжал свое. А потом она вдруг перестала ругаться.

Эрнесто вернулся домой в два часа ночи. Инес оставила ему ужин на столе. Ужин и записку: “Разбуди меня, когда придешь”. И нарисовала сердечко. Эрнесто понял, что его жена хотела бы заняться любовью, и испугался. Он не хотел секса с ней. Только не теперь, не после того, как он был с Чаро.

Эрнесто уже с точностью знал, как это будет. Слишком много лет они прожили вместе.

— Эрни, ты спишь?

— Нет.

— Ты меня хочешь?

— Ну да.

Эрнесто влезет на нее, начнет, закончит и уснет. И пока он будет корячиться, Инес станет издавать вздохи. Вздохи одинаковые, ровные и фальшивые.

Эрнесто погасил свет на кухне и пошел наверх. Надо было пройти мимо комнаты Лали. Он открыл дверь и постоял немного, посмотрел на нее. Ему было больно сознавать, что через несколько дней она уедет в свое выпускное путешествие. Он знал, что этого не избежать, но все равно было больно. Ведь она не знает о том, что произошло. Эрнесто хотелось бы, чтобы она снова стала маленькой девочкой, с которой можно агукать и которая засыпает под его колыбельные. Но его дочери уже семнадцать лет. И произошло уже слишком много разного, так что не осталось иллюзий насчет того, что все можно начать заново.

Он вошел в спальню, стараясь не шуметь. На его подушке лежала еще одна записка, еще одно “разбуди меня”, шоколадная конфета и видеокассета. “Психо”. Эрнесто опустился на кровать очень тихо. Он долго выбирал место, куда можно улечься, не слишком заметно продавливая постель. Повернулся к двери. Подождал. Потом закрыл и открыл глаза. Подумал было, что ему удалось вернуться незамеченным. Но он ошибался.

— Эрни, ты спишь? — спросила Инес.

17

Выборка фраз и абзацев, выделенных зеленым цветом в ксерокопии статьи из мексиканского журнала по судебной медицине. Название указанной статьи “Проблема трупного окоченения при проведении осмотра тела и другие вопросы”. В данном случае нет заметок, не поддающихся расшифровке, только подчеркнутые абзацы, что указано в скобках.

> Температура тела трупа падает в течение двенадцати часов после смерти, каждый час уменьшаясь на один градус.
> В течение следующих двенадцати часов температура продолжает снижаться, но уже в два раза медленнее. Разумеется, если тело было погружено в воду, охлаждение трупа происходит значительно быстрее. *(Абзац подчеркнут.)*

Показатели, связанные с остыванием тела, такие, как rigor mortis или livor mortis[1] свидетельствуют о дате и времени смерти.

Rigor mortis, или типичное трупное окоченение, является следствием химического процесса. Реакция внутренней среды тела изменяется с кислой на щелочную, и мышцы натягиваются. Этот процесс начинается с век, охватывает лицо, затем туловище и, наконец, ноги.

По окончании цикла rigor mortis безжизненное тело по твердости напоминает дерево *(подчеркнуто слово "дерево")*. Но труп не пребывает все время в этом состоянии. Спустя двенадцать часов после завершения процесса rigor mortis происходит процесс окисления, и труп начинает размягчаться. Последовательность цикла та же самая: сначала расслабляются мышцы век, затем лицо, туловище и в последнюю очередь ноги.

Процесс livor mortis происходит раньше, и наблюдение за его ходом позволяет определить время смерти. В момент остановки сердца и как следствие циркуляции крови под воздействием силы тяжести красные кровяные тельца оседают в тех частях тела, где их застала смерть. Поэтому приблизительно через два часа после того, как произошла смерть, цвет накапливается только в тех частях те-

1 Трупное окоченение; трупные пятна *(лат.)*.

ла, где за счет скопления красных кровяных телец произошел разрыв сосудов и кровоизлияние в ткани. Если смерть произошла от отравления, то цвет более насыщенный. В случае отравления цианидом тело будет иметь розоватый цвет. При отравлении угарным газом внутренние части тела будут ярко-красного цвета.

Разумеется, если труп обнаружен гораздо позднее, то все может измениться. В таком случае состояние тела зависит от условий того места, в котором оно находилось все это время. *(Абзац подчеркнут.)*

Если труп находится в сухом и теплом месте, то его ткани не разлагаются, а только высыхают. Так происходит, когда тело прячут под полом или внутри шкафа. Если в таких местах происходит нормальная циркуляция воздуха, то процесс высыхания тела протекает достаточно быстро. Тело сильно уменьшается в размерах, происходит мумификация, но черты лица человека остаются достаточно четкими даже спустя несколько лет.

Если тело находится на открытом воздухе или зарыто в землю не очень глубоко, происходит процесс разложения. В условиях повышенного тепла и влажности размножаются бактерии. Наоборот, в глубоких могилах недостаток свежего воздуха приводит к тому, что бактерии не распространяются и процесс разложения протекает значительно медленнее.

Трупы молодых людей или лиц с излишним весом разлагаются быстрее, так как в их телах присутствует жир.

Но что происходит с трупом, погруженным в воду? *(Абзац подчеркнут.)*

После того как труп был обнаружен в воде, вне зависимости от обстоятельств, первое, что определяют судебные медики, это утонула ли жертва или умерла от переохлаждения, оказавшись в холодной воде, или она была мертва до того, как упала или была погружена в воду. В случае, если смерть произошла в результате утопления, легкие будут наполнены водой, во всех остальных случаях — нет.

Но в любом случае процесс разложения, упомянутый несколькими абзацами выше, если тело погружено в воду, сходен и вместе с тем отличается от процесса разложения, происходящего на воздухе или под землей. Нужно учитывать несколько факторов. Во-первых, происходит очень сильное охлаждение, тело остывает за несколько часов. Бледность post mortem[1] возникает не так, как в обычных условиях: поверхность тела трупа становится невероятно бледной, возникает так называемый эффект "гусиной кожи" — волоски на теле приподнимаются. В свою очередь, rigor mortis начинается гораздо позже, а мо-

1 Изменения, развивающиеся в органах и тканях после смерти *(лат.)*.

жет и не произойти. Тело может находиться в воде до девяноста шести часов без каких-либо признаков rigor mortis.

Через шесть или семь дней после того, как тело было погружено в воду, начинается еще один химический процесс, в результате чего брюшная полость трупа наполняется газами. Благодаря этому труп становится легче воды, вследствие чего тело всплывает на поверхность. *(Абзац подчеркнут.)*

Не считая случаев, когда водоросли или что-то еще удерживает тело в толще воды, в таком случае труп может остаться там навсегда. *(Абзац подчеркнут.)*

18

— Ты какая-то странная, дочурка.

— Все хорошо, папа. Мне пора садиться в автобус, он сейчас отходит.

— Береги себя, Лали. Одевайся тепло и кушай как следует.

— ...

— Мама будет молиться за вас, чтобы все было хорошо.

— С каких это пор ты стала молиться?

— ...

— Если возникнет какая-то проблема, сразу же позвони нам. Домой или мне на работу, куда хочешь.

— О'кей, пока.

— Подожди, ты меня не поцелуешь, дочка?

— ...

— Пока, мама тебя любит, да?

— Береги себя, пожалуйста, доченька. И будь благоразумной.

— Что ты подразумеваешь под “быть благоразумной”, папа?

— Веди себя хорошо...

— Тебя я не спрашиваю.

— Ничего, дочка, ну, не делай глупостей, не рискуй понапрасну, не знаю, не знаю, что я хотел сказать.

— Тогда в следующий раз ничего и не говори.

— ...

— ...

— Еще один разочек поцелуешь папу, да?

— ...

— Пока, Лали.

— Пока, любовь моя.

— ...

— ...

— ...

— Боже мой, какая она вредная!

— Она нервничает, Инес, в этом все дело.

— Она вредина. Не знаю, как я смогла это вынести.

— Я тебя прошу, помаши и сделай приятное лицо, она на нас смотрит.

— Пока, дорогая, пусть все будет прекрасно!

— Пока, дочка, береги себя!

Пять месяцев спустя

19

Дела наши обстояли довольно хорошо. Тело Твоей до сих пор не нашли, и это облегчало ситуацию. Нет трупа, нет и смерти. Нет ни убийства, ни убийцы. Даже несчастного случая нет. Есть лишь сомнения и всякие абсурдные предположения насчет исчезновения Алисии, которые мы с Эрнесто не раз повторяли остальным, будто сами к этому делу никакого отношения не имеем. Притворялись почти двадцать четыре часа в сутки. Перед посторонними мы не могли позволить себе ни малейшей ошибки. Я до того увлеклась, что играла эту роль даже наедине с собой. Както, принимая душ, я поймала себя на мысли: "Знать бы, что случилось с бедной Алисией". Тут я поняла, что все сделала правильно. Потому что если кто и знал, что случилось с Твоей, так это я. Но уже несколько месяцев я провела, притворяясь, играя роль перед другими. Сознание начало раздваиваться. Ты влезаешь в шкуру своего персонажа и думаешь как он.

Когда я учила английский, миссис Кертис говорила: "Think in English!"[1], иными словами: "Не думай по-испански и не переводи, а думай сразу по-английски". Когда кто-нибудь спрашивал меня об исчезнувшей Алисии, я и не сомневалась в том, что мне ответить. Я была лишь женой Эрнесто, чья секретарша пропала, и мы о ней не получали никаких известий.

У полиции не было ничего конкретного. Прошло почти полгода со времени несчастного случая, а у них до сих пор нет ни подозреваемых, ни следов, ни улик. Ничего. Они уже давно перестали задавать Эрнесто всякие вопросы. Если кто и помнил про исчезновение Алисии, так это ее родители: во всяком случае они до сих пор появлялись иногда в какой-нибудь телепрограмме с одной лишь целью — напомнить о своей дочери.

Все так бы и продолжалось дальше, но однажды Эрнесто пришел и сказал мне: "Инес, думаю, нам стоит снова начать жить так, будто никакого несчастного случая не было". Я не поняла, что он имеет в виду, но согласилась. Решила, что он предлагает мне начать все сначала. У нас опять будет нормальная семья со своими проблемами — у кого их нет, — но нормальная. Мысль мне очень понравилась. Я даже прослезилась. Лишь намного позже я поняла, что именно после этих слов наша история повернула совсем в другую сторону. Если бы я рассказала об этом маме,

1 Думай по-английски! *(англ.)*

уверена, она бы все сразу поняла. Уловила бы, откуда ветер дует. Мама всегда чувствует такие вещи. На мой взгляд, иногда она сгущает краски, но интуиции у нее не отнять. Она не очень любезна, все обдумывает, никогда никому не доверяет. У меня в жизни не было таких разочарований, как у моей мамы. Горе ее закалило, позволило приобрести новый опыт, многому научило. Но когда Эрнесто предложил мне, чтобы все снова стало так, как раньше, я была очень довольна. Всегда нужно смотреть вперед. Невозможно же всю жизнь бить себя в грудь, восклицая: "Моя вина, моя вина, моя великая вина"[1]. Да, конечно, мы пережили очень тяжелые события, никому такого не пожелаю. Но что уж тут поделаешь. Во всех религиях прощают кающихся грешников. И мы раскаялись. Действительно раскаялись. А если Бог простил, что тут остается человеку?

Через неделю Эрнесто должен был ехать в командировку в Бразилию.

— Сколько дней ты там пробудешь, Эрни?

— Конгресс состоится в четверг и пятницу, но на понедельник у меня назначены две встречи, так что я останусь там на выходные.

— Надо же — ехать именно в Бразилию! Ты же терпеть не можешь жару!

— Это моя работа, Инес.

1 Слова из католической покаянной молитвы (*"...mea culpa, mea culpa, mea maxima culpa"*).

За день до поездки я собрала ему чемодан. Маленький чемоданчик и сумку. Когда мой муж уезжает, вещи всегда собираю я. Два костюма, пять комплектов белья, две пары брюк в спортивном стиле, двое плавок на случай, если у него будет свободное время, три футболки, три рубашки, два галстука, нет, лучше три, чтобы сочетались с рубашками, две пары ботинок — к костюму и спортивные, пара сандалий, два брючных ремня, четыре пары носков. В сумку я положила те вещи, что должны быть у Эрнесто под рукой: витамины с энергетическим эффектом, бритвенный станок, крем для бритья, зубную щетку, пасту, зубную нить. Эрнесто жить не может без своей зубной нити, дезодоранта и фотографии нашей маленькой семьи. Фото я добавила по собственной инициативе. Мне не хотелось ничего упустить, иначе потом Эрнесто просто изведет меня упреками.

Вечером я приготовила ему особенный ужин. Ягненок с перцем и картофель в сливках. То, что Эрнесто больше всего любит. Зажгла свечи, достала хорошее вино, включила цветочный ароматизатор, запах которого, как мне сказали, пробуждает животные инстинкты. Я хотела, чтобы мы попрощались как следует, со всеми положенными церемониями. Зашла в магазин и купила себе кружевной пеньюар. Сколько лет я такого не надевала! Мне хотелось, чтобы Лали ушла спать пораньше. Чтобы Эрнесто не тратил свое внимание на нее и вообще ни на кого и ни на что. Но избавиться от нее было нелегко. Думаю, она сидела тут исключительно потому, что понимала: я хочу, чтобы она ушла. Хоть бы сказала что-нибудь. Смотрела на меня так, будто я в чем-то виновата. Подросткам нравится мучить своих родителей. Считают, что они отплачивают нам за то, что мы им сделали. А что мы им такого сделали? Все они такие — неблагодарные, злобные, упрямые. Скажешь им что-нибудь, так они тут же поступят наоборот. А это был не самый подходящий вечер для того, чтобы за нами подсматривала своенравная девчонка. Так что я начала разговор, выбрав одну из тех тем, которые она не выносит. А их много. Например, я могла бы поговорить с ней о беспорядке в ее комнате или начать критиковать одну из ее подруг за легкомысленное поведение. Но я решила действовать наверняка и затронула тему, которую Лали терпеть не могла: я заговорила о еде. Сказала, что она очень сильно поправилась, что, как я заметила, она в последнее время слишком много ест, а ведь она не похожа на меня, это я могу есть что угодно и не поправляюсь, а она, если и дальше будет продолжать в том же духе, скоро станет похожа на мяч, а в наше время парни не любят толстух. Показала ей диету, которую подчеркнула специально для нее в журнале. Сработало. Она запустила журналом мне в голову, проорала: "Ну что ты за скотина!" — и заперлась в своей комнате, чтобы поплакать.

Эрнесто приехал без пятнадцати одиннадцать. К тому времени ароматизатор выдохся и вокруг пахло не цветами, а жженым сахаром. Эрнесто едва попробовал картошку. "Я работал допоздна и перекусил в офисе". Я пожаловалась, что он меня об этом не предупредил.

— Да, не предупредил, — ответил он.

Мы поднялись в спальню. Когда я вышла из ванной в кружевном пеньюаре, он уже выключил свет. Я снова зажгла лампу, но он даже не открыл глаза. Я погасила свет. Обхватила ступнями его ногу. Он ее сразу же убрал. "Должно быть, у меня холодные ноги", — подумала я. Решила действовать более прямолинейно:

— Эрни, хочешь?

Эрнесто включил свет, взял папку, лежавшую на его прикроватном столике, открыл и стал читать.

— Инес, я очень нервничаю из-за этой поездки. Мне придется выступать на конгрессе, и я никак не могу выбросить это из головы. Лучше дай мне почитать доклад, так я буду спать спокойнее.

Каждый успокаивается как может.

— Хорошо, Эрнесто, отдыхай, — ответила я и завернулась поудобнее в простыни.

На следующее утро я предложила подвезти его в аэропорт.

— С работы за мной пришлют автомобиль с шофером, — ответил он.

Потом поднялся наверх, чтобы проститься с Лали. Уверена, Лали поплакалась ему и рассказала о нашем вчерашнем разговоре. Обычное дело: Лали настраивает его против меня. Она поступает так с самого детства. К тому же эти двое всегда прощаются очень долго, я говорю "эти двое", потому что если бы мне пришлось куда-нибудь уехать, они бы не стали делать из этого такой трагедии. Особенно Лали. Я себе их представила: говорят, смотрят друг другу в глаза, она плачет крокодильими слезами, он ее успокаивает. Как будто Эрнесто больше никогда не вернется!

Лали с Эрнесто — они такие чувствительные, такие сентиментальные, так любят из всего устраивать драму!

20

— Ты спишь?

— ...

— Лали...

— Чего тебе, папа?

— Попрощаться. Я уезжаю до понедельника.

— Пока.

— Ты меня не поцелуешь?

— Оставь меня, папа, мне плохо.

— У тебя голова болит?

— Нет.

— А что у тебя болит?

— Меня тошнит и рвет.

— Что ты ела вечером?

— Ничего, папа, я ничего не ела.

— Но, Лали, это неправильно. Может быть, поэтому ты сейчас себя плохо чувствуешь.

— ...

— Хочешь, я скажу маме, чтобы она принесла тебе завтрак?

— Нет!

— Лали, ты же не борешься с лишним весом и не сидишь на диетах, да?

— Ты сегодня просто умник, все обо всех знаешь.

— Лали, я твой отец.

— ...

— Знаешь, что все может закончиться анорексией?

— Папа, перестань говорить чушь.

— Нет, это не чушь. Я скажу маме, и она принесет тебе завтрак.

— Нет! Я хочу поспать, понимаешь?

— ...

— ...

— Со мной все хорошо.

— ...

— ...

— ...

— Мне нужно идти, за мной прислали автомобиль.

— Пока.

— Знаешь, что я еду в Бразилию?

— ...

— В Рио.

— ...

— В командировку.

— Как здорово.

— Тебе привезти чего-нибудь из дьюти-фри?

— ...

— Какие-нибудь духи?

— Привези чего хочешь.

— Не знаю, лучше скажи, ты же знаешь, я в таких вещах не разбираюсь.

— Ладно, привези мне духи.

— Хочешь что-нибудь конкретное?

— Нет, папа, любые.

— Поешь, ладно?

— ...

— Увидимся.

— Пока.

21

У двери дома просигналила машина. Это был автомобиль, который прислали за Эрнесто. Мы поцеловались на прощание. Не такой поцелуй, чтобы “вау!”, но все-таки мы поцеловались. Для людей, столько лет живущих в браке, как мы с Эрнесто, это более чем неплохо. Со временем супруги перестают целоваться. Это всем известно, но никто об этом не говорит. И это ничего не значит. Такова жизнь. Иногда супруги целуются на публике, чтобы остальные видели, что они целуются. Как бы говоря: “Видите, иногда мы целуемся!” Но наедине все по-другому, тут не стоит заблуждаться. Как было бы заблуждением думать, что не целоваться — плохо, ведь никто ни с кем об этом не говорит, никто не знает, что со всеми происходит то же самое. Со всеми. Включая тех, кто ведет более-менее активную сексуальную жизнь. Кто может заниматься любовью минимум раз в неделю.

Или в лучшем случае два раза. Но поцелуи — это другое дело. Очарование поцелуя проходит слишком быстро.

Я проводила его до двери и подождала, пока машина тронется с места. Помахала ему рукой на прощание. Он кивнул головой и поднял руку, но махать не стал. Я пошла на кухню и выпила чашечку кофе. Почитала газету, никуда не торопясь. Меня не тревожила мысль о том, что выходные я проведу одна. Лали уезжала за город к какой-то подруге. К счастью для нас обеих. После вчерашнего разговора наши отношения стали немного натянутыми. Я собиралась наконец-то подумать о себе, сделать все то, на что у меня обычно не хватает времени. Намазаться кремами, сделать пилинг, поваляться в ванне, пройтись по магазинам, взять в прокате какой-нибудь романтический фильм — из тех, что Эрнесто терпеть не может. И еще можно есть что придется, готовить ни для кого не надо. Я думала об этом, и с каждым разом идея мне нравилась все больше. Я собиралась устроить себе своеобразный спа-салон в собственном доме.

Я пошла наверх переодеться. Войдя в комнату, не сразу поняла, в чем дело: что-то было не так, но что именно, я сказать не могла. Я переоделась, уложила волосы, немного накрасилась и, уже стоя на пороге, увидела ее. Это было словно сигналом тревоги — папка голубого цвета. Она лежала на прикроватном столике Эрнесто, там, где он ее оставил прошлой ночью, после того как перечитал свой доклад. “Что за дырявая голова у тебя, Эрнесто, ты позабыл свою папку”, — подумала я. И недолго думая села в машину и помчалась в аэропорт Эсейса.

Я вела машину гораздо быстрее, чем обычно. Мне нужно было приехать раньше, чем Эрнесто пройдет на посадку, чтобы успеть передать ему голубую папку. Про себя я просчитывала его передвижения, чтобы понять, смогу ли я успеть вовремя. Сейчас он уже должен добраться до аэропорта Эсейса. Он выехал довольно рано, в такое время в очереди на регистрацию скорее всего почти никого нет. Никто не приезжает за два часа до вылета, как того просят авиакомпании. Эрнесто — да, он очень пунктуален в такого рода делах. И очень скрупулезен, следовательно, после регистрации он сразу же пойдет на посадку. Что ему делать внизу! Ну а я вечно путаюсь в этих расписаниях. На пропускном пункте у платной дороги для разнообразия работала только половина шлагбаумов, и я задержалась чуть дольше, чем рассчитывала. И в аэропорту с большим трудом нашла место для парковки. От автомобиля я почти бежала, сжимая папку в руках. Просмотрела одну за другой все очереди к стойкам регистрации. Его нигде не было. Подошла к табло. В это время отправлялся только один рейс на Рио. Рейс авиалинии *Varig*. Подошла к стойке этой компании. Попросила, чтобы мне сказали, зарегистрировался ли уже на этот рейс Эрнесто. Мне ответили, что они не дают информацию такого рода, и по равнодушному тону сотрудницы авиалинии я поняла: настаивать бесполезно. Я прошлась по всем барам в зале. Эрнесто всегда пьет много кофе, это вредно, но ему нравится, так что, может, он сидит там. Его там не было. Возможно, он пошел в туалет или чего-нибудь купить. Я поискала в сувенирных лавках, у киосков, подождала у мужского туалета. Он не появился. Я уже хотела под каким-нибудь предлогом вызвать его по радио — как последнее средство. Эрнесто терпеть не может, когда к нему привлекают лишнее внимание, даже если от этого, как в случае с голубой папкой, зависит его жизнь. Лучше всего мне встать рядом с эскалатором, ведущим на посадку. Если мой муж все еще не сел в самолет, то он обязательно пройдет туда.

Я ходила около эскалатора, когда вдруг увидела куртку Эрнесто. То есть куртку, в точности похожую на ту, что надел Эрнесто. Но это был не Эрнесто, это был какой-то другой мужчина, он поднимался по эскалатору в обнимку с женщиной. С высокой брюнеткой. Мужчина шептал ей что-то на ухо. А куртка была в точности как у Эрнесто. И брюки те же самые, что сегодня утром надел Эрнесто. С такими же четкими стрелками, какие заглажены на брюках Эрнесто. И с сумкой Эрнесто в руках. С сумкой, которую я сама собирала. Для Эрнесто. Он повернулся в профиль, чтобы поцеловать ее. Эрнесто ее поцеловал. И она, Чаро, тоже поцеловала его.

Пока они поднимались на эскалаторе, мне хотелось закричать. Должно быть, меня охватило что-то вроде мгновенного паралича, потому что вдруг пропал голос, я открывала рот, но не могла издать ни звука. Больше того, все остальные звуки тоже исчезли. Будто кто-то выключил громкость. Я ничего не могла сказать, не могла пошевелиться, ничего не слышала. Только смотрела.

Пока наконец в моем поле зрения не остались лишь ботинки Эрнесто и ее сандалии.

Больше я ничего не видела.

23

Инес вернулась домой и заперла дверь на два оборота. Была половина одиннадцатого утра. Она бросила куда-то свою сумку. Лали к этому времени уже не было дома. Инес подошла к каждому окну и опустила жалюзи, так что свет проникал только сквозь узкие щели. Отключила телефон. Поднялась на второй этаж и проделала там то же самое. Взглянула на себя в зеркало, висевшее на стене ее комнаты. Прошла в ванную и достала упаковку транквилизаторов. Встряхнула ее. Судя по звуку, флакон был полон не меньше, чем наполовину. Открыла крышку, высыпала несколько таблеток себе на ладонь. Оставила две, а остальные кинула обратно во флакон. Положила таблетки в рот. Налила воды. Прежде чем запить, вынула изо рта одну таблетку и выкинула ее за дверь. Последнюю проглотила. Спустилась вниз. Вошла в кухню. Стол был по-прежнему накрыт к завтраку. Будто ничего и не случилось. Она попробовала вымыть чашку. Но разбила ее, не донеся до раковины. Ручка выскользнула у нее из пальцев, и чашка трижды ударилась о плитку кухонного пола. Она ополоснула лицо. Потом немного постояла так, с каплями воды на коже. Вытерлась влажным кухонным полотенцем. Чувствовала она себя отвратительно. Заплакала. Переставила всю оставшуюся после завтрака посуду со стола в раковину. Включая масленку с наполовину растаявшим маслом. Ушла в гостиную. Она хотела пройти в гараж, но добралась только до гостиной. Несколько раз обогнула журнальный столик. Налила себе виски. Выпила, не убирая бутылку в бар. Поставила стакан. Но не бутылку. Покинула комнату. Направилась в гараж. Вошла туда и закрыла за собой ворота. Двинулась прямо к задней двери. Вынула кирпич. Хотела было достать все то, что хранилось в тайнике, но не сделала этого. Оставила как есть. Вернулась в кухню. Поискала резиновые перчатки. Не нашла. Небрежно вынула чашки из раковины. Перчатки лежали там, под остатками завтрака. Грязные и мокрые. Она их вымыла и вытерла. Вернулась в гараж. В перчатках. Снова прошла к задней двери. Достала все из тайника за кирпичом. Поискала, куда бы переложить. Увидела ящик с инструментами. Вывалила на пол его содержимое. Положила внутрь письма Твоей, билеты в Рио, фотографии обнаженного Эрнесто, коробку с презервативами и закрыла ящик. Остальное она убрала обратно в тайник и вернула кирпич на прежнее место. Теперь еще револьвер. Она подошла к машине и открыла багажник. Достала колесо. Револьвер был там же, куда она его спрятала в тот день, когда забрала из дома Алисии. Она взяла оружие бережно, почти уважительно. Положила его в ящик для инструментов. Вышла из гаража с ящиком в одной руке и бутылкой виски в другой. Поставила виски обратно и засунула ящик на шкаф с баром. Вернулась в кухню. Снова положила перчатки в раковину. Открыла кран и щедро плеснула на лицо холодной водой.

Карты перетасованы и сданы снова.

23

Эрнесто и Чаро целовались на эскалаторе, направляясь на посадку.

Никакой ошибки быть не может, я видела это своими собственными глазами. А глаза нам не лгут. На что-то их можно закрыть, но тут уже слишком поздно. Следует признать, что все мои бутерброды упали маслом вниз. Но хотя Эрнесто с Чаро и целовались, там, на эскалаторе, я не собиралась сдаваться. Потому что тут могло быть несколько самых разных вариантов развития событий. Весь этот день я прикидывала эти самые разные варианты, искала факты, которые могли бы их подтвердить, искала ошибки в рассуждениях, способные их опровергнуть. Но к вечеру у меня в голове стоял такой туман, варианты настолько перепутались, что я уже не помнила, какие из них отвергла, а какие продолжала рассматривать. Тогда мне пришло в голову составить общую схему. В школе, когда мне нужно было выучить что-нибудь трудное, я всегда рисовала общую схему со множеством стрелочек, ключевых точек — все очень кратко, очень структурировано, так что если эта схема и не приводила мои мысли в порядок, то по крайней мере помогала сосредоточиться. В школе я училась не слишком хорошо. Мне было неинтересно, я думала о других вещах. Сначала я сильно переживала. Боялась, что меня будут считать тупицей. Но однажды вечером, в пятом классе, я пыталась выучить названия разных видов треугольников: равносторонний, равнобедренный и разносторонний. Равнобедренный я никак не могла запомнить. Чувствовала себя какой-то неполноценной. Я все повторяла и повторяла это название, но как только закрывала учебник, сразу же забывала. Как будто у меня был какой-то изъян. Мама увидела, как я мучаюсь, и сказала: "Девочка моя, не волнуйся, если и есть что-то такое, что в жизни тебе абсолютно не пригодится, так это знание о том, что такое равнобедренный треугольник". И она была права, нас вечно учат всяким глупостям. Знание равнобедренных треугольников никак мне не поможет решить эту проблему с Твоей. Таких треугольников нам не преподают, их нужно изучать самостоятельно. В меру своих сил. И ты почти наверняка проиграешь. Иногда тебе кажется, что ты победила. Но стоит решить, что исчез один угол треугольника, как ты понимаешь, что появляется другой. Треугольник становится квадратом. Как случилось со мной. Как случилось с Алисией.

В этой геометрии никто не знает всех углов.

Общая схема выглядела примерно так. Заголовок: “Возможные ситуации между Эрнесто и Чаро”. Сначала я написала было “варианты отношений между Эрнесто и Чаро”, но слово “отношения” меня раздражало. По разным причинам я также отвергла слова: “связь”, “общее”, “близость”, “сближение”.

Вариант 1

Все, что мне раньше говорил Эрнесто, правда, но:
— он случайно встретил Чаро в аэропорту;
— она случайно вылетала куда-то еще (не в Рио);
— они случайно поднимались вместе на эскалаторе;
— случайно они с Эрнесто захотели поцеловаться — и поцеловались.

Я отвергла этот вариант по очень простой причине: не верю я в такие случайные совпадения. Не следует обманывать себя. “Случайно” ты можешь идти по улице, когда вдруг с балкона упадет кирпич и проломит тебе голову. Но думать, что двое могут “случайно” поцеловаться, направляясь на посадку в самолет, по меньшей мере наивно.

Вариант 2

История Твоей более-менее совпадает с той, что мне известна, и:
— Эрнесто, встретившись с Чаро по этому поводу, перестал ею интересоваться;

— Эрнесто, уезжая в командировку в Бразилию, решил взять ее с собой;

— это обычная интрижка — из многих, что были у Эрнесто за годы брака, не стоит особо беспокоиться.

"Ты думаешь?" — спросила я себя, закончив писать. Как хорошо изложить свои мысли на бумаге, потому что потом ты можешь перечитать это, будто бы разговаривая с другим человеком, с которым можно не соглашаться и спорить в свое удовольствие. И я, взглянув на бумагу, сказала самой себе и в то же время не самой себе: "Кому это могла прийти в голову такая глупость?" Если Эрнесто и эта женщина, которые так или иначе связаны с исчезновением Твоей, наплевали на все и путешествуют вместе, целуясь на людях, то это значит, что между ними совсем не "обычная интрижка — из многих, что были у Эрнесто".

Прежде чем написать "Вариант 3", мне нужно было кое-что выяснить. Я знала о Чаро не так уж и много. Точнее, только три вещи: что она племянница Алисии, что у нее что-то есть с моим мужем и что она работает фотографом в каком-то журнале. Я подошла к киоску и попросила продавца принести мне все вышедшие на этой неделе журналы, внимательно просмотрела их и купила тот, где было указано: "Фотограф — Чаро Сориа". Вернулась домой. Набрала номер редакции. Тишина. Я нажала на сброс и вдруг поняла, что в трубке нет гудков. Телефон отключен. Я включила его и позвонила снова.

— Издательский дом "Пампа", — ответили мне.

— Я хотела бы поговорить с сеньоритой Чаро Сориа, фотографом.

— Ее нет.

— А когда она вернется?

Человек на другом конце провода отодвинул трубку, но я услышала, как он кричит: "Эй, когда возвращается Чаро?" Ему что-то прокричали в ответ, но я не разобрала.

— Не знаем, сеньора, она уехала, — сказали мне.

— А, уехала. Должно быть, в то самое путешествие в Рио, куда она собиралась.

— Да, точно, именно туда, это путешествие уже однажды переносилось.

"Путешествие уже однажды переносилось", — мысленно повторила я, но не смогла ничего сказать, язык меня почти не слушался. У меня упало давление — я же выпила виски. Определенно это от виски. Я сглотнула слюну, пошевелила языком во рту — туда-сюда — и продолжила разговор:

— Скажите, а нельзя ли оставить у вас контракт для нее? Я из агентства недвижимости, она хочет сдать квартиру, и нам удалось подобрать подходящий вариант. Мне бы хотелось, чтобы она ознакомилась с предложением, как только приедет.

— Да, без проблем.

— Скажите, дорогой, как пишется ее полное имя, чтобы внести его в контракт?

— Ампаро Сориа, но можете написать и Чаро, она всегда себя так называет.

— Нет, для некоторых вещей псевдоним не подходит. Спасибо, до свидания.

— До свидания, сеньора.

Я повесила трубку и прошла прямо к ящику для инструментов, чтобы проверить те билеты, что я нашла на прикроватном столике Алисии рядом с револьвером и фотографиями Эрнесто. Обнаженного Эрнесто. Все совпадало. На билетах в Рио было указано "А. Сориа". "А." могло бы означать Алисию, но значило Ампаро. Я перечитала все письма. Ни одного имени. Все они заканчиваются словом "Твоя". Некоторые из них могла написать Алисия, кто знает. Но и та, другая, тоже могла. Ведь там написано лишь "Твоя". Фотографии говорят сами за себя. И если все так, то я в самом деле тупица. Потому что могла бы догадаться и раньше. Это же не просто фотографии, это явно знак. Такие маленькие фото используют профессиональные фотографы, чтобы потом выбрать удачный кадр. Профессиональные фотографы, как Чаро.

Вскоре я записала третий вариант:

ВАРИАНТ 3

— Алисия не была Твоей;

— Твоя — это ее племянница Чаро (заметьте разницу в глаголе: прошедшее время для Алисии и настоящее — для Чаро);

— у Алисии раньше были отношения с Эрнесто (это подтверждают: ее телефонный звонок вечером,

когда произошел несчастный случай, ее поведение в парке Палермо, револьвер рядом с фотографиями обнаженного Эрнесто);
— Алисия была оскорблена в своих лучших чувствах собственной племянницей и не смогла вынести ужасной обиды, которую ей нанесли вышеупомянутая племянница и ее любовник (они оба), то есть мой муж Эрнесто. Вместо любовного треугольника получился квадрат.

Мне стало очень жаль Алисию. Слов нет, как обошлись с этой женщиной. И прежде всего ее племянница. Нужно быть готовой к тому, что мужчина тебя бросит, это обычное дело. Даже если такого пока не случилось, дамоклов меч висит у тебя над головой, ведь ты знаешь: рано или поздно тебя могут бросить. Но твоя родная кровь — это совсем другое дело. Такое может выбить почву из-под ног. Думаю, если бы нам с Алисией удалось поговорить чуть раньше, чем случилось все то, что случилось, я сумела бы многое ей растолковать. Мне кажется, на самом деле она была очень наивной. А я — наоборот. Мы могли бы с ней вместе бороться против Чаро. И хотя ни у нее, ни у меня не было такой шикарной груди, уверена, что-нибудь мы бы придумали. А с Эрнесто мы бы потом разобрались. Думаю, мы с Алисией могли бы стать хорошими подругами. Я не говорю — "близкими друзьями", но хорошими подругами. Алисии уже нет с нами, но я-то еще здесь и, несмотря ни на что, не собираюсь оставлять все как есть. От третьего варианта я провела три стрелки к трем вопросам:

Связь Эрнесто и Чаро перестала развиваться?

С пометками на полях буквами поменьше: "подождать", "успокоиться", "все пройдет". Но, перечитав, я перечеркнула этот вопрос и написала чуть ниже: "см. вариант 2".

Отношения между Эрнесто и Чаро продолжают развиваться (напр.: путешествие в Бразилию)?

Пометки на полях: "план действий", "прямое вмешательство", "объявление войны (ей)".

Эрнесто и Чаро не вернутся из этого путешествия?

Без пометок на полях.

Я вышла из дома, отыскала работающий телефон-автомат и позвонила в полицию. Оставалось только дождаться ответа, сказать то, что я должна была сказать, и повесить трубку. "Тридцать первый полицейский участок", — отозвались на другом конце провода.

24

— Девочка, ты не подвинешь рюкзак, чтобы я мог сесть?

— ...

— Спасибо.

— ...

“Внимание... с шестой платформы отправляется автобус компании “Рио-де-ла-Плата”, время отправления двадцать два часа тридцать минут, пункт назначения Мар-дель-Плата”.

— Как так в половину одиннадцатого? Вот досада, едут все автобусы, кроме моего!

— ...

— Я уже год или даже полтора езжу куда-нибудь каждую неделю. Работа такая, видишь ли. И вот веришь, ни разу не уехал вовремя!

— ...

— И не важно, куда ехать. Честное слово, мой автобус всегда опаздывает.

— А...

“Внимание, с платформы номер восемнадцать в двадцать два часа сорок минут отправляется автобус компании “Микромар”, пункт назначения Сан-Николас”.

— Ну видишь, я же говорил.

— ...

— А ты тоже ждешь автобус на Росарио?

— Нет.

— А куда ты едешь?

— Нет, я никуда не еду.

— Ты кого-то встречаешь...

— ...

— Эй, девочка, ничего, что я с тобой разговариваю, а?

— ...

— В чем дело?

— ...

— Ладно, ладно, не смотри на меня так, я тебе ничего плохого не сделал.

— ...

— О нет, только не хватало, чтобы ты тут начала плакать. Что я тебе сделал? Ладно, больше ни слова не скажу.

— ...

— Нет, стой, не уходи. Разве я тебя чем-нибудь обидел?

— ...

— Перестань, девочка, не плачь, мне от этого плохо становится. А люди что подумают?

— ...

— Девочка, тебе плохо, да? Можно узнать, что с тобой?

— ...

— С такой мордашкой и в твоем возрасте что с тобой может случиться! Брось валять дурака!

— Я беременна, мой парень меня бросил, мои родители ничего не знают, мой отец изменяет моей матери и сейчас уехал в путешествие со своей бабой, мать все знает об отце, но притворяется дурочкой...

— Ничего себе!

— Ну?

— ...

— ...

— Прости меня, а?

— ...

— Прости меня.

— Уже.

— А что ты делаешь здесь, на автовокзале?

— Ухожу из дома. Моя мать хуже всех. Если мне придется провести выходные наедине с ней, то я этого не переживу.

— Ты что, думаешь ночевать здесь?

— Да. Днем я ухожу отсюда, иду в торговый центр, на площадь, куда-нибудь. Но по ночам мне страшно, а здесь безопаснее всего, светло, есть полиция, и все такое.

— А это не повредит мальчонке?

— Какому мальчонке?

— Тому, которого ты носишь в животе, девочка.

— А...

— ...

— Не знаю.

— Слушай, когда ты носишь ребенка, нужно отдыхать и хорошо питаться. Есть за двоих, так говорила моя жена, когда ждала Лео. Она тогда поправилась на двадцать с чем-то кило!

— ...

— Лео — это мой сын, Леонардо, но мы зовем его Лео.

— ...

— Ему уже шесть годиков.

— ...

— Он уже толкается?

— Да, и как следует.

— Ну, значит, будет футболистом.

— ...

— Слушай... а можно?

— Да.

— Я ничего не чувствую.

— Подожди немного.

— До отхода моего автобуса он успеет мне чечетку сплясать!

— Ты будешь первым, кто это почувствует.

— Как здорово! Теперь тебе придется назвать его в мою честь.

— А как тебя зовут?

— Гильермо. Ой, он меня толкнул! Толкнул, ты чувствуешь?

— Да, чувствую.

— Гильермо, а если будет девочка, то Гильермина, идет?

— Я подумаю. Мне нравится имя Лукас.

— Назови Гильермо. Лукас звучит немного слащаво, немного нелепо, видишь ли.

— Я подумаю.

— ...

— ...

— Эй, а у тебя разве нет подруги, чтобы остаться у нее на ночь?

— Нет, вернее, есть одна, но она уехала за город с родителями.

— ...

— ...

— Хочешь, я позвоню жене и скажу ей...

— Нет-нет, на самом деле мне хочется побыть одной.

— Ничего себе одна, здесь же полно народу.

— ...

— Ладно, как хочешь...

— ...

— ...

“Внимание, с платформы номер девять отходит автобус компании “Эль Агила”, время отправления двадцать два часа, пункт назначения Росарио”.

— Ой, ну вот надо, чтобы этот автобус отправился прямо сейчас?

— ...

— Я не хочу оставлять тебя здесь. Ты уверена, что не хочешь пойти ко мне домой? У меня отличная жена, никаких проблем не будет.

— Уверена, все будет хорошо.

— Не обманывай меня, врушка, как в таком бардаке все будет хорошо?

“Пассажиров компании “Эль Агила” просим срочно пройти на посадку”.

— Иду уже, иду. Ну что за сборище уродов! Сначала тебя заставляют ждать почти два часа, а потом подгоняют!

— ...

— ...

— Спасибо.

— Гильермо или Гильермина, запомни.

— Я подумаю.

— Перестань твердить свое "подумаю". Ты так обо всем думаешь, девочка?

— Если бы я обо всем думала, не сидела бы тут.

— Вот это хорошо, ты еще способна посмеяться над собой. Это очень хорошо.

— ...

— Я пошел.

— Пока.

— Пока. Удачи.

— ...

— Пока.

— Пока.

— Эй, девочка, я напишу тебе вот тут свой номер телефона. Через два или три дня я вернусь, если тебе что-нибудь понадобится, позвони мне, ладно? Что у меня за корявый почерк! Сможешь разобрать?

— Восемьсот двадцать пять восемьдесят три восемьдесят три.

— Восемьдесят три восемьдесят три, да. И звонить через четверку, поняла?

— Да, да.

— Ладно, все. И как же тебя зовут, а?

— Лали, ну, то есть Лаура, но меня все называют Лали.

— Пока, Лали.

— Пока.

— Позвони мне.

— Пока.

25

В прошлую пятницу, в семнадцать часов, сотрудники полицейского участка № 31 получили анонимное сообщение: нарисованную от руки карту, на которой пруд Регатас де Палермо был обозначен как местонахождение трупа Алисии Сориа, пропавшей без вести 30 июня. Затем произошло следующее. В тот же день, в пятницу, еще до получения вышеуказанного письма, в полицейский участок поступило несколько звонков, сделанных из телефонов-автоматов в разных концах города, с сообщениями о том, что тело Алисии Сориа утоплено в вышеупомянутом озере. Полицейские проверяют полученные сведения, которые позволяют по-новому взглянуть на до сих пор не раскрытое дело.

Именно очарованием Копакабаны объясняют то, что каждый посетивший Рио-де-Жанейро влюбляется в этот город с первого взгляда. Благодаря морю, что никогда не бывает слишком бурным, и белоснежному песку этот пляж считается идеальным местом для купания и солнечных ванн.

В связи с тем, что версия о возможном нахождении тела Алисии Сориа в пруду Регатас де Палермо вызвала широкий резонанс, в полицейский участок № 31 обратился таксист, который уверял, что подвозил к этому месту женщину — именно в ночь таинственного исчезновения сеньориты Сориа. Впервые после того, как члены семьи Алисии Сориа подали заявление, появился свидетель, который мог сообщить какую-то информацию по этому делу. Таксист Хуан Мигрелли, возраст пятьдесят один год, сказал, что до вчерашнего дня до него не доходило, что это могла быть та самая женщина, но в свете последних событий и по совету своей жены он, Мигрелли, решил явиться в полицию и дать показания. “Я помню, как сказал ей: “Сеньора, вы уверены, что хотите остаться здесь одна в такое время?”, на что она ответила: “Не волнуйтесь, меня встретят”. Не стоит вмешиваться в жизнь своих пассажиров, поэтому я взял деньги и уехал”, — сообщил таксист.

Лукас — на латыни “сияющий свет”. Другие варианты имени: Лука, Лукка.

Гильермо — имя немецкого происхождения, означает “защитник”.

В пятницу вечером, в конце рабочего дня, адвокатам семьи Сориа с немалым трудом удалось получить у судьи, ведущего дело, санкцию на обыск дна в пруду Регатас де Палермо. Работы начали проводить на следующий день с утра. Указанный пруд, площадью около десяти гектаров, — самый большой в Буэнос-Айресе. Тем не менее это искусственный водоем, замкнутый, с четко очерченными границами, с единственным каналом для притока воды и одним водостоком, что несколько облегчало задачу. Поиски начались, разумеется, с того места, что было обозначено в анонимном сообщении, полученном вчера в полицейском участке № 31. На это же место косвенно указал и таксист Хуан Мигрелли (см. отдельное сообщение). Кроме того, привлеченные к делу эксперты сообщили, что поиски сильно усложнит обилие водорослей. Обычно тело утопленника всплывает на поверхность в течение семидесяти двух часов. Если предположить, что тело исчезнувшей Алисии Сориа находится именно там, то оно должно быть полностью покрыто растительностью. То есть в данный момент проверяется версия о том, что тело находится в водорослях на дне озера.

На пляже Ипанема впервые появляется то, что вскоре распространится по всей стране и по всему миру. Именно здесь беременная женщина впервые отважилась надеть бикини, именно здесь женщины впервые вышли топлес, именно здесь появилась модель купальника, которую назвали “зубная нить”.

В течение всего дня в зоне поиска работал отряд водолазов из Специальной группы спасения (СГС) федеральной полиции. Погружения начались в семь часов пятнадцать минут утра и продолжались без перерывов до наступления темноты. Для того чтобы облегчить поиски, с одного берега на другой протянули канат. Водолазы обследовали зону вокруг него, затем канат передвигали примерно на метр и приступали к погружениям в следующей полосе. "Только при таком способе мы можем быть уверены, что не пропустим ни одного участка", — заявил Фермин Лемос, возглавлявший эту операцию. Водолазы пользовались видеокамерами, изображение с которых передавалось на два монитора. Но до того момента, как работы прекратились, до 19.10, на экранах были видны лишь зеленые водоросли. Так что водолазы могли рассчитывать лишь на свое собственное чутье. Они должны были ступать по дну, раздвигая руками водоросли, в поисках хоть какого-нибудь следа. К костюму были дополнительно подвешены грузы, по полтора килограмма каждый, — в несколько раз больше, чем обычно, чтобы водолазы не всплывали на поверхность. Кроме того, был и так называемый "трос жизни", канат, соединяющий водолаза с лодкой, за который они могут дернуть, если потребуется срочно всплыть на поверхность. Это произошло вчера вечером, когда один из водолазов обнаружил остатки затонувшей лодки (см. отдельное сообщение). Спасатели работают вдвоем, спускаются под воду по очереди на сорок пять минут каждый. После погружения они отдыхают полтора часа на берегу. Когда водолазы выходят на берег, они напоминают клубок — из-за водорослей, налипших на их неопреновые костюмы. Для ребят из Специальной группы спасения эта операция стала настоящим адом. Они выглядят подавленными, говорят, что найти что-то на дне пруда сложнее, "чем в джунглях ночью".

Инес — от греческого "чистая и невинная".

Эрнесто — от немецкого "борец, решивший победить".

Лаура — от латинского "победительница".

В четырнадцать часов тридцать минут по приказу мэрии были открыты шлюзы для спуска воды из пруда, несмотря на протесты Ассоциации друзей и соседей озера, говоривших про вред для окружающей среды. "Исчезновение человека важнее любого домысла экологов", — сказал Риккардо Сориа, отец Алисии Сориа, в единственном заявлении для прессы. В свою очередь президент вышеуказанной ассоциации, дипломированный эколог Луис Хулио Лопес, объявил, что "осушать водоем просто бесчеловечно, наоборот, следует его наполнить, чтобы тело под давлением газов всплыло на поверхность, ведь сейчас пруд зарос тростником. Осушение же приведет к тому, что будет уничтожена большая часть флоры и фауны". Лопес имел в виду, что в этом пруду живут рыбы (можно выделить пять основных видов, в том числе чанчит и рыб-волков), нутрии, различные виды птиц и множество водорослей. Вчера около полудня в компанию "Воды Аргентины", которая уже четыре года занимается очисткой и прореживанием растительности в прудах Палермо, из министерства поступил приказ открыть шлюзы, соединяющие пруд Регатас с Рио-де-ла-Плата через протоку Медрано. У этого пруда есть два шлюза — для поступления воды и для ее стока: на севере и на юге. Один из них соединен непосредственно с очистными сооружениями "Вод Аргентины", второй, который был открыт, сливает воду через протоку Медрано по направлению к Рио-де-ла-Плата. На северном шлюзе установили проволочную сеть, с помощью которой можно будет удержать тело, если версия о его нахождении здесь подтвердится. Около шестисот метров вода протекает по подземным трубам, пересекающим проспект Фигероа Алькорта, и вливается в пруд Регатас через протоку, выложенную камнями, для того чтобы вода не углубляла русло. Компания "Воды Аргентины" поддерживает растительность озера в состоянии равновесия. "Если бы в пруду был переизбыток водорослей, то вода стала бы зеленого цвета. Существующее равновесие позволяет сохранять нужное содержание кислорода в воде", — объявил представитель компании. В случае, если в связи с понижением уровня воды тому или иному виду потребуется помощь, его в специально оборудованных контейнерах перевезут в пруд Роседаль. До вчерашнего дня ни одному животному транспортировка не потребовалась.

Наконец осушение пруда закончилось, когда уровень воды достиг полутора метров, и водоросли типа "кошачий хвост", которые сильнее всего затрудняют работу водолазов, опустились ко дну.

Статуя Христа-Искупителя на горе Корковадо считается, вероятно, самым узнаваемым образом Рио: Христос своими раскрытыми руками благословляет город. Никто не уезжает из Рио, не посетив эту достопримечательность.

После двухдневных усиленных поисков вчера к вечеру на дне озера Регатас де Палермо было найдено тело Алисии Сориа. Оно находилось в четырнадцати метрах от берега, в этом районе глубина пруда достигает трех-четырех метров. Обнаружить тело удалось благодаря гидролокатору, предоставленному одним из друзей семьи Сориа, ведь ни спасатели, ни префектура об этом приборе не позаботились. Температура воды в пруду на данный момент превышает 18 градусов Цельсия. Для поиска тела использовался специальный зонд, который обычно применяется для поисков рыбы, стоимостью 350 долларов. Водолаз, вытащивший труп, сказал нам, когда выбрался на берег: "Я нашел его, он наполовину запутался в водорослях". На берегу пруда находился отец Алисии Сориа, доктор Рикардо Сориа. Его жена, Беатрис Панне де Сориа, которой внезапно стало плохо, вынуждена была уйти чуть раньше в сопровождении врача. Доктор Сориа находился в пяти метрах и видел, как тело, которое может быть телом его дочери, поместили в серый пластиковый пакет и на грузовике отправили в морг. Теперь доктору предстоит тяжелая процедура опознания тела. Однако стало известно, что на груди у женщины был найден медальон с инициалами A.S. и датой рождения Алисии Сориа.

За пять часов до этого от берега отплыли 3 катера и 3 надувных лодки, на одной из которых у руля был установлен гидролокатор, принадлежащий Луису Матеа, любителю спортивной рыбалки и близкому другу доктора Сориа. В операции участвовали спасатели, водолазы из префектуры и гражданские лица. После того как с помощью локатора удалось определить место, водолаз спустился туда и обнаружил голову несчастной женщины. Туда сразу же подошли все остальные лодки, и в воду погрузились еще три водолаза. Им удалось разрубить или раздвинуть водоросли и достать тело. До этого гидролокатор трижды подавал ложные сигналы. Эти ошибки можно объяснить тем, что локатор предназначен для поиска рыбы, поэтому изображение проецируется на жидкокристаллический монитор диагональю всего в 10 сантиметров. Заложенная в прибор программа позволяет выделить рыб среднего размера, больших и маленьких. Когда аппарат обнаружил тело Алисии Сориа, оно выглядело как фигура, состоящая из четырех больших рыбин и одной маленькой.

26

Эрнесто вернулся. Так что третью версию третьего варианта из моей общей схемы пришлось отбросить за ненадобностью. В понедельник в пять часов вечера он открыл дверь своими ключами и сказал:

— Привет, Инес.

Потом подошел к моему креслу и поцеловал меня в щеку. Бросил свою сумку.

— Там внутри уйма вещей в стирку.

“Надеюсь, мне не придется стирать ее лифчики”, — подумала я.

Он извинился за то, что не зашел в дьюти-фри и ничего мне не купил.

— Я обещал купить духи для Лали, но так спешил, так хотел пораньше вернуться домой...

— Много дел, да?

— Ты даже не представляешь...

Я несколько раз собиралась прервать его и рассказать о том, что труп нашли, но едва я собиралась с духом, он переводил разговор. Спросил про Лали, он всегда про нее спрашивает.

— Не знаю, она все выходные провела за городом у подруги и ни разу не позвонила, но все должно быть хорошо, если бы что-нибудь случилось, она бы позвонила, да?

"No news, good news"[1] — моя мама терпеть не может эту поговорку. Конечно, применительно к моему папе это звучит как издевка. Потом Эрнесто спросил еще кое о чем из тех вещей, о которых спрашивает любой муж, вернувшийся из поездки: звонил ли кто-нибудь, какая тут была погода и так далее, и тому подобное. Не спросил разве что о собаке, потому что ее у нас нет. От этих разговоров на общие темы я немного растерялась. За выходные я успела подготовиться ко всему, что может произойти, когда Эрнесто вернется. К любому нашему разговору. К тому, что он захочет выяснить отношения и уйти навсегда, к тому, что он просто скажет мне: "Я полюбил другую". Но к такому нормальному ходу вещей я готова не была. Эрнесто вел себя как обычно, и я стала думать, что это были не единственные выходные, которые он провел вместе с любовницей. С Чаро или с кем-нибудь еще. После такого озарения мне все стало гораздо яснее. Если это был не первый случай, то все хорошо, значит, наша семья для него значит больше, чем такой способ разрядки. Как же иначе можно

1 "Отсутствие новостей — хорошая новость" *(англ.)*.

объяснить его поступки? Некоторые три раза в неделю ходят в спа-салон на массаж, другие — на кислородные маски, третьи — принимают ванны из лечебной грязи или из черепашьей плаценты. Кому что нравится. Очевидно, Эрнесто нужен другой способ, чтобы расслабиться. Кто сам без греха, пусть бросит в него камень и скажет, что это более предосудительный способ снять стресс, чем курение или еда без остановки. Не говоря уже о других методах. Есть разные пути. И нужно быть терпимыми. Несмотря на свои шалости, Эрнесто всегда возвращался. Как в тот понедельник. Последнюю точку он поставил, когда спросил:

— Инес, ты помнишь, что должна была забрать из чистки мой серый костюм?

Этими словами он меня окончательно обезоружил. Я не знала, что ответить.

— Я же говорил, что он мне будет нужен завтра, Инес!

Это был тот же Эрнесто, что и всегда. Мама говорила: "Снова тот же суп, девочка!" Но она всегда слишком мрачно все воспринимает, она так страдала. А я нет. Я вижу свет в конце тоннеля и понимаю, что это и есть самое важное. Хотя, кажется, я сама разожгла тут пожар, и от этого мне очень страшно.

Эрнесто налил себе что-то выпить и сел в кресло напротив меня. Положил ноги на журнальный столик рядом со своей голубой папкой, где я теперь хранила вырезки новостей, связанных с исчезновением Твоей, появившиеся с конца той недели. Или Бывшей-Твоей, или Той-Которую-Я-Считала-Твоей. Я уставилась на его ботинки, оказавшиеся сантиметрах в пяти от папки. Я больше не могла сдерживаться и сказала:

— Появилась Алисия.

Эрнесто не шевельнулся.

— Вчера нашли труп.

Я наклонилась над столиком и протянула ему голубую папку. Эрнесто открыл ее и стал читать вырезки в хронологическом порядке — так, как я их туда сложила. Папка в его руках задрожала. Мне стало его жаль, он казался совсем ребенком. Вошла Лали. Еле слышно поздоровалась. Она плохо выглядела. Конечно же, в выходные, которые она провела у своей подруги, они наверняка устраивали вечеринки, почти не спали и все такое прочее, что творят девочки ее возраста. Но теперь был неподходящий момент для того, чтобы заниматься ее воспитанием. С ее отцом и со мной сейчас происходили очень серьезные вещи. В конце концов, мы уже и так вложили в ее воспитание слишком много времени и сил. И денег. Эрнесто однажды подсчитал. К окончанию школы мы на нее потратили, не считая оплаты колледжа, почти восемьдесят тысяч долларов. В эту сумму входят форма, письменные принадлежности, книги, экскурсии, несчастное выпускное путешествие, всякие частные уроки и так далее и тому подобное — в общем, получается не меньше ста тысяч долларов. Впечатляет. И, как заметил Эрнесто, все для того, чтобы однажды она сказала, что хочет стать моделью. Или домохозяйкой — это сказала я, потому что ему мысль о том, что его дочь может стать домохозяйкой, в голову не приходила.

— Она создана для другого, — ответил он.

Эрнесто всегда думал о Лали, но в тот момент, сидя с голубой папкой в руках, он, уверена, думал только о себе. И правильно делал. Потому что думать о себе значило думать обо всех нас, о своей семье. От того, поспит Лали или не поспит одну ночь, ее жизнь не изменится. Она остановилась и взглянула на нас, бесчувственная, злая, как и всегда, а потом ушла наверх. Эрнесто не нашелся, что ей сказать. Хуже того, он попытался было выговорить:

— Я не привез тебе духи, — но осекся, и фраза прозвучала фальшиво, как в телесериале.

Лали, стоя на лестнице, посмотрела на него и снова стала подниматься. Как удачно! Иногда это молчание, которым пытаются воздействовать на нас дети-подростки, оказывается как нельзя кстати. Снова заговорит, когда ей что-нибудь понадобится.

— Если бы она знала, что происходит с ее бедными родителями! — сказала я.

И Эрнесто ответил:

— Оставь ее, она еще совсем ребенок.

Обычное дело, он всегда за нее заступается.

Эрнесто подождал, пока Лали поднимется наверх, и снова открыл папку. Пока он читал, выражение его лица изменилось. Бразильский загар сильно побледнел.

— Лали не надо ни во что вмешивать, — сказал он.

В глазах у него стояли слезы. Он казался сломленным.

— Какой позор!

Он заплакал. Не знаю, кого ему стало жалко: то ли Лали, то ли самого себя, то ли бедную Алисию. Но он в самом деле плакал.

Я поднялась и села рядом с ним. Эрнесто кинул папку на столик и продолжал смотреть в одну точку потухшим взглядом. Вздохнул. Вытер слезы. Посмотрел на меня. Схватил мою руку и сжал ее. Заправил локон, выбившийся из моей прически, стиснул мою коленку и сказал:

— Успокойся, все будет хорошо.

В этом я была уверена, но, как выяснилось позже, ошиблась.

27

— Пау...
— Лали?
— Да.
— А, откуда ты звонишь?
— Из дома. Как у тебя дела?
— Ничего, а ты как?
— Нормально.
— Ты не была в колледже?
— Нет, и ты тоже.
— Я провела выходные со своими предками. Это выматывает. Они считают, что раз им столько лет, то они не могут ошибаться.
— ...
— ...
— Слушай, Пау, уже почти час, как у меня пузо твердеет. Такое уже было как-то на выходных пару раз, но ничего, потом все прошло, и нормально, но теперь — все сильней и сильней, никак не прекра-

тится. Не знаю. Как ты думаешь, что это может быть?

— Понятия не имею.

— ...

— ...

— ...

— Тебе больно?

— Нет. Но оно твердое, как камень.

— Эй, а это не могут быть схватки?

— Не знаю.

— Мне кажется, при схватках происходит что-то вроде этого.

— Вроде чего?

— Того, что у тебя пузо твердеет.

— ...

— Но я не уверена, ага?

— А если это они, то что делать?

— Ой, я в этом ничегошеньки не смыслю!

— ...

— Надо бы спросить у того, кто знает. Хочешь, я поговорю с моей матерью?

— Нет, не надо все запутывать.

— Нет, если ты не хочешь, то я и слова не скажу.

— Сейчас меня вроде бы немного отпустило.

— Ой, как здорово!

— Да.

— ...

— ...

— Оно прошло?

— Да, почти.
— Увидимся вечером?
— Ладно.
— Ну, если с тобой все хорошо.
— Уверена, со мной все будет хорошо.
— В пять часов в торговом центре.
— Идет.
— Пока.
— Пока.

28

Мне стало гораздо спокойнее. Захотелось приготовить на ужин что-нибудь шикарное. То, что понравится Эрнесто. Я не стала готовить ягненка с перцем и картофель в сливках, которые готовила вечером, когда Эрнесто с Чаро улетали в Бразилию. Сделала цыпленка в апельсинах — блюдо довольно изысканное, и с ним у меня не связано никаких особых воспоминаний.

То, что обнаружили труп, не так уж сильно все и меняет. Понятно, что если вскрытие проведут достаточно тщательно, то сразу станет понятно, что она умерла от удара по голове. Но в этой стране ничего нельзя знать наверняка. И к тому же, даже если это выяснится, на ушибе не будет подписи: "Эрнесто Перейра".

Эрнесто принял душ и спустился поужинать. К счастью, Лали уже ушла. Отправилась в торговый центр с одной своей подругой. Мир может катиться в тартарары, а подростки все будут шляться туда-сюда по магазинам, разумеется, ничего не покупая. Господи, ну что за поколение! Но по мне, если она хочет прогуляться по магазинам, то пускай себе идет. А если захочет остаться переночевать у своей подруги, то еще лучше. По крайней мере мы с Эрнесто сможем разговаривать и вести себя как угодно, не опасаясь, что нас подслушают. Был неподходящий момент для того, чтобы сообщать Лали о том, что успело произойти.

Я подала цыпленка. Эрнесто выглядел плохо, он был очень озабочен. О чем можно было только пожалеть: если не научишься справляться со своими нервами, то при столкновении с реальностью можешь и погибнуть. Дело было сложным, кто же спорит. Но ситуация еще не стала необратимой — вот что важно. В жизни есть не так уж много необратимого: смерть, потеря руки, рождение ребенка. Это нельзя отыграть назад. К добру или к худу. Эрнесто еще не умер, не потерял руки, не родил сына. То есть у него есть дочь — от меня, и это играет в мою пользу. Так что мы должны продолжать бороться, сражаться ради того, чтобы полностью очистить Эрнесто от всяких подозрений. Основная наша проблема в том, что в этом деле не так уж много подозреваемых. Будь оно иначе, внимание следователей отвлекалось бы на нескольких людей, и нам справиться с ситуацией было бы легче. Но Эрнесто был практически единственным подозреваемым. Даже странно, что им до сих пор не занялись вплотную.

— Не хочу тебя волновать, но без трупа не было бы и убийства, — сказал он, почти дословно повторив ту мысль, что приходила мне в голову несколько месяцев назад.

Я словно вонзила ему нож в спину: ведь если тело нашли, то исключительно по моей вине. Теперь у них есть и труп и подозреваемый. Кажется, те две сплетницы, что работали вместе с ним и Алисией, успели наговорить лишнего, вот Эрнесто и дрожит как осиновый лист. Сказали, будто уверены в том, что Эрнесто с Алисией связывали какие-то отношения. Эти дамы, наверное, очень сообразительные и очень любопытные. И не имеют ни малейшего понятия о том, что происходило на самом деле. Ну ладно, бабы, всю жизнь проработавшие в офисе, все такие. Завистливые, настырные, склочные. И чем ближе к центру находится их офис, тем хуже. Должно быть, там возникает особый микроклимат. А так как у них нет свободного времени, чтобы заняться своей личной жизнью, то они паразитируют на личной жизни остальных. Работа — это и есть их личная жизнь. Они живут с понедельника по пятницу и терпеть не могут выходных. Всеми силами хотят, чтобы после пятницы снова настал понедельник, ведь в будни с ними хоть что-то происходит. Бедняжки. Как Алисия, которая устроила себе личную жизнь с Эрнесто. Жизнь тайную, временную, без будущего. Жизнь с понедельника по пятницу, с восьми тридцати и до девятнадцати часов. И что хуже всего, эту жизнь разрушила ее близкая родственница. Как еще могла закончиться история, которая началась так плохо? Это все очень печально. И предсказуемо. Моя мама живо бы обо всем догадалась. И даже я могла бы догадаться.

Итак, точно известно: две эти женщины в своих показаниях утверждали, будто Алисия была любовницей Эрнесто.

— О'кей, они могут говорить все, что угодно, а ты заявишь, что в ту ночь мы вместе смотрели "Психо", и я отвечу то же самое, когда меня спросят, — сказала я. И добавила, стараясь казаться спокойнее, чем была на самом деле, чтобы подбодрить его: — У нас есть алиби, любимый!

— Ты скажешь, что смотрела "Психо" по телевизору в гостиной, тогда как я спал наверху, — поправил он.

Об этом мы не договаривались.

— Я не хочу оказаться в дураках. Если меня спросят что-нибудь о фильме, я могу запутаться. А вот ложь насчет сна проверить трудно, — объяснил он.

Это мне показалось довольно разумным. Ладно, приходится признать, что Эрнесто не дурак. Ясное дело, он мужчина и может спутать Тайрона Пауэра с Мэлом Гибсоном. В общем, его предложение сути дела не меняло. Потому что если бы Эрнесто выходил из дома, то я должна была бы это увидеть. Хотя на самом деле Эрнесто действительно выходил из дома и я действительно это видела. "Think in English" от миссис Кертис. Но с условиями нашего алиби все было хорошо. Все, кроме выражения лица Эрнесто, которое могло напрочь похоронить любое алиби. Цыпленок в апельсинах остывал на тарелке.

— Боюсь, они подумают, что ты просто меня покрываешь.

— Ой, Эрнесто, не будь таким мрачным! Эти вообще думать не умеют.

Основной проблемой по-прежнему было то, что не существует других подозреваемых. А полиция у нас действует все хуже и хуже. Хватают первого, на кого им укажут, и больше ничего не расследуют. Так что единственный подозреваемый, ясное дело, находится не в самом приятном положении.

— Нужно придумать еще нескольких подозреваемых, создать их, — предложила я.

Эрнесто был против, он сказал, что мне всегда приходят в голову безумные идеи, что если мы начнем такое придумывать, то потом это может обернуться против нас, что ни в коем случае не надо ничего такого делать. Так он говорил. Но на его лице было написано совсем другое. Так что я настаивала:

— У этой девушки были какие-нибудь враги?

— Нет, ее все любили.

“Кроме ее племянницы”, — подумала я.

— Кто унаследует ее имущество?

— Не знаю, наверное, родители, у нее же не было детей.

“Зато была племянница”, — снова подумала я, но ничего не сказала.

— То есть, в принципе, если исключить денежные мотивы и личные счеты, то остается только преступление на почве страсти. — Мои слова прозвучали как фраза из криминального телесериала.

— Тут-то я и попадусь, — поторопился добавить Эрнесто.

— Потому что ты один. Нужно приписать этот мотив еще кому-то.

Третья сторона равнобедренного треугольника. Третья лишняя. Или четвертая? Чаро была идеальным вариантом. Она ее не любила (покойницу), могла претендовать на часть ее денег и вступила в связь с любовником своей тетушки, любовницы моего мужа. Превосходно, Эрнесто должен сложить два и два и признать это. Но оказалось, что он не так уж силен в математике.

— Все вокруг знают, что у Алисии не было другого мужчины, — произнес он таким тоном, будто это могло что-то значить.

Так что теперь меня беспокоило не только то, что до Эрнесто все доходило куда медленнее, чем того требовали обстоятельства, но и то, что эти две женщины со своими свидетельскими показаниями вдруг стали "всеми вокруг".

— В общем, если мы захотим придумать еще одного мужчину, то никто в это не поверит, — добавил он.

Я поправила его и, кажется, выдала себя с головой:

— Придумаем еще одну женщину.

Эрнесто взглянул на меня почти удивленно.

— Женщину, которая бы сходила по тебе с ума настолько, что захотела бы уничтожить Алисию.

Эрнесто пробормотал:

— Это безумие.

Думаю, он сказал именно так. Словом больше, словом меньше...

— Такую, что могла бы слать тебе письма, подписанные "Твоя"... — продолжала я.

— Ты рылась в моих вещах, — отважился сказать он.

— Ту, что фотографировала тебя голым.

— Инес, я не могу в это поверить, — пробормотал Эрнесто.

— Ту, что могла бы отправиться с тобой в Рио на выходные.

— Нет, нет, ничего подобного, — все еще пытался сопротивляться он.

— Остается только собрать все вместе и передать куда надо.

— Нет, — повторил он, теперь уже не так уверенно.

И я закончила наш разговор решающей фразой:

— Ты способен сесть в тюрьму ради нее?

Эрнесто не ответил.

— О чем ты думаешь? — спросила я, прекрасно сознавая, что ответа не получу.

Эрнесто все смотрел на меня, не говоря ни слова.

Я и не настаивала.

Нет, Эрнесто был на такое не способен.

29

— Восемьсот двадцать пять восемьдесят три восемьдесят три.

— Да?

— Извините, Гильермо дома?

— Минуточку, а кто его спрашивает?

— Лали.

— Ах, да, секундочку.

— ...

— Алло.

— Алло, Гильермо, прости, что я тебя беспокою, я та девушка, которая той ночью...

— Да, я понял, кто ты. Как здорово, что ты мне позвонила!

— ...

— Как у тебя дела, девочка?

— Хорошо.

— Хорошо?

— Ну, более-менее.

— Ты сейчас дома?

— Да, я дома.

— Вот это хорошо. Это очень хорошо.

— Ну, на самом деле я звоню с телефона-автомата в торговом центре, но вечером пойду домой.

— Хорошо, это очень хорошо.

— ...

— ...

— Я звоню тебе, потому что возникла одна проблема.

— Если у тебя есть только одна проблема, то все гораздо лучше, чем было тогда!

— ...

— Посмейся немного, это полезно твоему футболисту.

— ...

— Вот так мне нравится. Давай рассказывай.

— Мое пузо вдруг становится твердым, очень твердым, а потом отпускает. Я подумала, не знаю, ну, вдруг твоя жена поймет, что это может быть.

— Девочка, ты что, смеешься надо мной?

— Нет, почему?

— Это схватки. У тебя уже подошел срок?

— Понятия не имею.

— Да ты придуриваешься...

— ...

— А врач тебе что сказал?

— Ну, я... я не была у врача с тех пор, как это случилось.

— А хуже всего то, что ты не шутишь...

— ...

— Ладно, оставайся там, где ты есть, я за тобой заеду и отвезу в больницу.

— В больницу?

— А где еще ты собираешься рожать малыша, девочка?

— То есть, может быть, это уже началось?

— Я понятия не имею, я коммивояжер, продаю застежки-молнии и все такое, девочка, но на всякий случай я тебя прямо сейчас доставлю в больницу. Назови мне адрес этого торгового центра.

— ...

— Алло...

— ...

— Алло!!!

— ...

— Да твою же мать! Разъединили!

30

Труп Алисии Сориа достали из холодильника и поместили на стол. На бумажной табличке было написано ее имя. Личность установили несколько дней назад, по зубам и форме прикуса. Медальон с инициалами и датой рождения с точки зрения судебной медицины не являлся достаточным доказательством. А для всех остальных — вполне. Отец знал, что это она. И мать тоже. А также Чаро, Эрнесто и Инес, хотя они и не видели медальона.

Едва открыли пластиковый мешок, по комнате стал распространяться трупный запах.

— Тело находится в состоянии сильного разложения, — продиктовал судмедэксперт своему помощнику, который делал заметки для протокольного заключения.

Приступили к осмотру трупа. Сначала — внешнему, отыскивая следы травм, порезы, пулевые отверстия. Работа обычная, но сложная, ведь тело достаточно сильно разложилось, и, что еще хуже, скорее всего ненужная, ведь все указывает на то, что девушка утонула. Рутина. Эксперт перевернул тело и продолжил осмотр. Что-то привлекло его внимание.

— Кровоизлияние в вещество спинного мозга, — продиктовал он ассистенту.

Затем потрогал шею, сверху вниз и снизу вверх. И добавил:

— Компрессионный перелом шестого и седьмого шейных позвонков с полным смещением и разрывом спинного мозга.

Еще раз перевернул тело. С этим трупом все оказалось не так уж очевидно, поэтому эксперт взял ланцет и сделал надрез на теле в форме буквы "Y". Осторожно, чтобы не задеть груди Алисии. Сделав разрез, эксперт вернул ланцет ассистенту и раздвинул кожу руками. Затем он взял у своего помощника электропилу и стал вскрывать грудную клетку. Взломал грудину, раздвинул ребра и добрался до легких. Ассистент занялся остальными внутренними органами. Достал их, затем взвесил и измерил каждый в отдельности. Начиная с легких. Стало понятно, что Алисия умерла не от утопления.

— В легких следов воды не обнаружено, — продиктовал судмедэксперт.

Помощник в свою очередь начал вырезать матку, чтобы затем, как обычно, поместить в формалин вместе с остальными органами. Но после первого надреза у него возникли какие-то сомнения, и второй разрез он сделал гораздо осторожнее. Третьего же делать не стал. Подозвал судмедэксперта. Тот подошел, раздвинул ткани, посмотрел, кивнул и продиктовал:

— Возможна беременность сроком около двенадцати недель.

Они аккуратно зашили труп и обмыли его.

Снова поместили тело в пластиковый мешок, закрыли его и отправили обратно в холодильник.

31

Эрнесто ждал меня в комнате. Я пошла за ящиком из-под инструментов. Поднимаясь по лестнице с ящиком в руках, я все никак не могла избавиться от странного ощущения — будто бы это часть какого-то странного кинофильма и сейчас камера следует за мной, ступенька за ступенькой. Я — главная героиня, нахожусь в самом центре экрана, освещена прожекторами. Мне даже пришла в голову мелодия, подходящая к подобным сценам. Это было немного странно. Но мне нравилось, я чувствовала собственную важность, собиралась сделать то, что ляжет в основу будущего благополучия моей семьи. После этого я буду относиться к классу избранных. Тех, чьи поступки влияют на жизнь остальных людей. А ведь есть и такие, кто не оставит по себе никакого следа. Очень печально. Как моя мама, которая всю жизнь только и делала, что ненавидела папу, а это оставило свой след лишь на ней самой.

Я говорю о ней довольно много, но все-таки это ее жизнь и ее муж. Я тут ни при чем. Как Лали. Если бы мама его убила, было бы совсем другое дело, но она его просто ненавидела. Да и я сама, если бы не все эти события, начало которым положил несчастный случай с Алисией, тоже так и коптила бы небо до самой смерти. Зато теперь я поднималась по лестнице, будто королева, которая держит в руках дары богам, дабы вознести их на алтарь (то есть в руках у меня ящик из-под инструментов, который я несу Эрнесто в комнату).

Когда я вошла, Эрнесто сидел на кровати. Я поставила перед ним ящик и села с другой стороны. Это тоже прекрасно. Мы с Эрнесто сидим на кровати и вместе занимаемся каким-то делом. Как в молодости, когда мы разглядывали фотографии или по утрам не спеша читали утреннюю газету. Я не могу поклясться на Библии, что мы действительно делали то или другое. Через двадцать лет брак перестает быть таким, какой он есть, и становится таким, каким мы хотим его видеть. Некоторые даже путают события, которые происходили на самом деле, с теми, что только могли бы произойти. Правда и вымысел так тесно переплетаются, когда вспоминаешь семейную жизнь, особенно такую стандартную, как у нас. Не знаю, рассматривали ли мы когда-нибудь с Эрнесто фотографии, лежа в постели, но ведь это вполне могло быть. Так что я снова ощутила ту близость, что существовала между нами когда-то.

Когда Эрнесто открыл ящик, он был просто поражен. Он увидел револьвер Алисии.

— Что это?

— Револьвер, из которого Алисия хотела убить тебя.

— Меня? — вытаращил глаза Эрнесто.

— Я так думаю. Он лежал рядом с твоими фото в голом виде и билетами в Рио.

— Где?

— На ее прикроватном столике.

— Ты была в ее квартире?

— Да.

— Это безумие, Инес! Тебя могли заметить! Кто-нибудь тебя видел?

— Нет.

— Ты уверена?

— Я прошла мимо консьержа, но он меня не заметил. Еще я выпила кофе в баре напротив, но официант, который меня обслуживал, вряд ли способен сложить два и два.

— Что за официант? Седой и высокий?

— Да, такой худощавый, с черными усами, он на меня полсахарницы просыпал.

Эрнесто смотрел на меня напряженным взглядом. Не знаю, подходит ли тут слово "напряженный". Затем он немного расслабился и взял в руки револьвер. Осмотрел его со всех сторон, проверил и схватил так, будто собирается стрелять.

— Эрнесто, осторожно, ты можешь кого-нибудь поранить!

— Он заряжен?

— Разумеется, из незаряженного револьвера она не сумела бы тебя убить.

Эрнесто открыл барабан, вынул оттуда пули и снова закрыл, а потом спрятал все это — и револьвер и пули — в ящик своего прикроватного столика.

Мы стали перебирать то, что было в ящике. Письма, оканчивавшиеся подписью "Твоя". Со следами от поцелуев и губной помады. Початая упаковка презервативов. Эрнесто изо всех сил возражал против того, чтобы мы использовали в качестве улик фотографии, на которых он изображен без одежды. Ему было стыдно, а компромата нам и так хватало, даже с избытком. Мы должны убедить полицию в том, что существует женщина, у которой было достаточно оснований, чтобы желать смерти Алисии. Женщина ревнивая, страстная, по уши влюбленная в Эрнесто. Женщина, которая не хотела его ни с кем делить. Женщина, которая знала убитую как саму себя. И это Чаро. Которая, ко всему прочему, состояла с Алисией в близком родстве и потому должна была поддерживать с ней связь, встречаться на разных семейных сборищах, возможно — выслушивать упреки. Все это было так неприятно, почти невыносимо, поэтому она могла решиться и разрубить узел одним махом. Я поделилась своей мыслью с Эрнесто, и он добавил к плану некоторые детали, так что наши показания стали звучать вполне убедительно. Чаро — натура чрезвычайно страстная (доказательство № 1, письмо № 1: "Без тебя я больше не проживу и минуты”), не допускала мысли о том, что ей придется делить Эрнесто с другой женщиной (доказательство № 2, письмо № 2: “Хочу, чтобы ты был лишь моим”), способна на любые безумства (доказательство № 3, надпись на инструкции к презервативам, тут я не могу выделить одной фразы, но смысл именно такой). Ей и прежде приходила в голову мысль избавиться от Алисии (доказательство № 4, надпись на спичечной коробке из отеля: “Нет ничего, что могло бы нас разлучить”). Эрнесто потом скажет в полиции, будто до недавнего времени считал, что это лишь слова, сказанные просто так. И только после долгих размышлений он решил сообщить о том, что Чаро может иметь ко всему этому какое-то отношение. Конечно, нам будет нелегко, Чаро тоже пойдет в наступление. Но у него есть алиби, он был дома, и я могу это подтвердить. Спал наверху, пока я смотрела “Психо”. Эрнесто не сказал, что именно Чаро делала той ночью, но он твердо знал, что алиби у нее нет. И придумать его, как мы, она не сумеет. Рядом с ней нет человека, который стал бы ее безоговорочно защищать и выгораживать. А у Эрнесто есть я.

Ночью я спала спокойно. Мы не занимались любовью, Эрнесто слишком устал. Но я была счастлива, ведь мы стали так близки, стали настоящими сообщниками, а это куда важнее, чем то, что в выходные он валялся в постели с Чаро. Когда люди связаны друг с другом, как мы сейчас, это на всю оставшуюся жизнь. А любое сексуальное влечение заканчивается после оргазма. И связующее звено нужно обновлять.

Утром Эрнесто вышел из дому пораньше, чтобы зайти в полицейский участок № 31 и сделать заявление. Как мы и планировали. Он не хотел, чтобы я шла вместе с ним:

— Не стоит втягивать тебя в эти дела.

Взял ящик из-под инструментов и ушел. Он очень нервничал, даже не зашел в комнату к Лали, чтобы пожелать ей доброго утра. Это было странно, но очень кстати. Лали не ночевала дома. Конечно же, она, как обычно, осталась у подруги, просто нам не сообщила. Но Эрнесто начал бы волноваться еще и из-за нее, а он и так был уже на грани.

Не прошло и пяти минут с тех пор, как Эрнесто вышел, а я уже места себе не находила. Как будто мне стало тесно в собственном теле. Сейчас должно произойти одно из важнейших событий, определяющих всю мою дальнейшую жизнь, а я, запертая в четырех стенах, должна, как и всегда, решать вопросы вроде того, как поменять ли простыни сейчас или можно подождать еще пару дней.

Я взяла такси и отправилась в полицию. Я хотела просто понаблюдать и тихо отпраздновать в уголочке свою победу над Чаро. То есть лучше сказать "нашу победу", потому что мы с Эрнесто снова действовали вместе, как одна команда. Меня удивило, что Эрнесто не оставил свою машину где-нибудь поблизости от участка. Он не любит платить за парковку. Я подошла ко входу в участок и огляделась. Его нигде не было видно. Значит, он все еще дает показания. Никто не спросил меня, в чем дело, что мне надо и так далее, но мне не хотелось привлекать к себе внимание полицейских. Так что я отыскала такое место, откуда могла бы незаметно наблюдать за происходящим. Прождала целый час, но ничего не происходило. Я успела придумать несколько вариантов объяснений, но так как у меня не было с собой бумаги, то пришлось составлять общую схему мысленно.

Вариант 1. Эрнесто дает показания — так долго, потому что полицейские все делают очень медленно.

Вариант 2. Эрнесто все еще дает показания — так долго, потому что он вызвал какие-то подозрения и его задержали.

Вариант 3. У Эрнесто возникли проблемы с машиной, и он задержался.

Вариант 4. Эрнесто вспомнил, что ему нужно срочно заехать на работу, и отложил дачу показаний на несколько часов.

Вариант 5. Эрнесто только что приехал.

На самом деле последнее не было предположением, я увидела это собственными глазами. Как раз тогда, когда я раздумывала над пятым вариантом, мимо проехал Эрнесто на своей машине. Так что первый и второй варианты отпадали сами собой, и было не так уж и важно, задержался ли он по причинам, описанным в третьем или четвертом варианте. Потому что сработал пятый: “Эрнесто только что приехал”.

Он припарковался за углом и вышел из автомобиля. Но с ним был еще один тип, высокий, худой, седовласый. Я его где-то видела, но никак не могла припомнить где. Они вместе пересекли улицу. Эрнесто шел чуть впереди, как будто указывал дорогу. Ящик из-под инструментов он с собой не взял. На входе тип пригладил волосы, взглянув на свое отражение в стекле патрульной машины. Я увидела его лицо. И черные усы. Больше сомнений у меня не осталось. Это тот самый официант, который просыпал на меня сахар, когда я ездила на квартиру к Алисии.

32

— Мне очень больно.

— Ну да, ясно, детка. Успокойся, постарайся расслабиться, как только можешь, мне нужно сделать пальпацию.

— Чего?

— Нужно проверить, раскрылась ли у тебя матка.

— Мне страшно...

— Успокойся, дорогая, и постарайся расслабиться.

— Что вы со мной делаете?

— Ничего, детка, пальпирую. Раньше с тобой такого не делали, а?

— Нет.

— Тебе повезло, кажется, все хорошо.

— ...

— Отлично, отлично, не плачь, совсем скоро ты будешь держать на руках своего малыша. Ну расслабься же, как следует расслабься.

— ...

— Ну вот видишь, дорогая, это ничего, вот еще один пальчик...

— ...

— Еще секундочку, и я заканчиваю.

— ...

— Расслабься же, пожалуйста, иначе я не смогу как следует все отпальпировать.

— ...

— Вот, я дотронулась до головки.

— ...

— Не плачь, голубушка.

— ...

— Ладно, нам немедленно нужно в родильный зал. Раскрытие на шесть пальцев. Он уже двигается.

— Мне очень страшно.

— Да чего тут бояться!

— ...

— Успокойся, успокойся, это самое обычное дело.

33

Инес села в такси и поехала домой. Вошла в кухню. Достала из раковины и надела резиновые перчатки. Оранжевые перчатки среднего размера из плотной резины. Попробовала пошевелить пальцами в воздухе туда-сюда. Было неудобно, она одним рывком стянула перчатки и швырнула их в стену, выложенную сине-белой кафельной плиткой, попав как раз между синим чайником и сине-белой чашкой. Затем она покинула кухню и поднялась к себе в комнату. Между третьей и четвертой ступеньками она подвернула лодыжку. Захромала, но двинулась дальше, не сбавляя темпа. Распахнула дверь своей комнаты так, что та ударилась о стену. Вошла. Обыскала свой платяной шкаф. Каждую полку, каждый ящик. Не обнаружила того, что искала. На мгновение задумалась. Вспомнила. Прошла в комнату Лали. К счастью, та все еще не вернулась.

Она встала на табурет и дотянулась до самой верхней полки в шкафу дочери. Провела рукой туда и сюда, пытаясь что-то нащупать. Вытащила пластиковый пакет. Спустилась с табурета и достала из пакета желтоватое платье, когда-то бывшее белым. Платье, которое купили Лали к первому причастию. Кинула его на пол. Потом кинула туда же шляпку, корзиночку, бумажные розы. Достала перчатку. Сохранилась только правая. Натянуть ее удалось с трудом. За годы перчатка успела немного высохнуть. Затем она быстро все собрала и покинула комнату. С перчаткой на руке она вошла в свою спальню. Направилась прямо к прикроватному столику Эрнесто, достала оттуда револьвер и пули, что когда-то давно принадлежали Алисии. Нужно было снова поместить их в барабан. Правой рукой.

Для того чтобы зарядить револьвер, понадобилась и левая рука, так что Инес обернула ее шарфом. Затем она сложила все в сумочку: и заряженный револьвер, и шарфик, и, наконец, перчатку. Прошла к себе и переоделась. В шкафу она увидела костюм песочного цвета, в котором ходила на квартиру к Алисии. Ей показалось правильным закончить всю эту историю в том же костюме, в котором и начинала, так что она надела именно его. Что-то бренчало в кармане пиджака. Она опустила туда руку и достала ключи от квартиры Алисии, ту самую связку с ярлычком, что лежала в ящике рабочего стола. Ключи так и остались в кармане — они не занимали много места, а выкинуть их она не решилась.

Инес сбежала вниз по ступенькам и захлопнула дверь ногой, не запирая на ключ.

34

Буэнос-Айрес, 17 декабря 1998 года. По факту добровольной явки для дачи свидетельских показаний в присутствии следователя и секретаря был составлен нижеследующий ПРОТОКОЛ ДОПРОСА.

Следователь попросил свидетеля подробно и правдиво отвечать на заданные вопросы и предупредил об ответственности за дачу ложных показаний, зачитав соответствующую статью из Уголовного кодекса. Кроме того, свидетелю объяснили его права, предусмотренные в статьях 79, 80 и 81 Уголовно-процессуального кодекса, позволив ознакомиться с соответствующими статьями.

Свидетель заявил, что его зовут Альберто Гарридо, удостоверение личности № 12.898.610 (предъявлено), по профессии официант, разведен, дата рождения: 6 марта 1960 г., место рождения: Буэнос-Айрес, родители: Энрике Гарридо и Елена Гомес, проживает по адресу: улица Ятай, 2341.

По существу дела смог пояснить следующее: "Сегодня утром я пришел в полицейский участок № 31, чтобы сообщить важные сведения по этому делу, а оттуда уже меня направили к вам. В день исчезновения Алисии Сориа в бар вошла сеньора в костюме песочного цвета, она очень нервничала, а вышла она из того дома, где живет та самая Сориа, и потом сеньора очень внимательно следила за всем, что происходит вокруг дома, это было очень подозрительно. Я ее хорошо запомнил, потому что на ней были резиновые перчатки". Следователь уточнил: "Резиновые?" Свидетель ответил: "Да". На вопрос следователя, знает ли он что-то, что поможет установить личность этой сеньоры, свидетель заявил: "Вообще-то я ее не знал, но вчера один из постоянных клиентов нашего бара, сеньор Эрнесто Перейра, за выпивкой поделился со мной своими переживаниями. Он, мол, единственный подозреваемый в преступлении, которого не совершал, и еще он опасается того, что его жена, Инес Перейра, тоже может оказаться замешанной в этом деле, по крайней мере он ее подозревает, но так как они прожили вместе столько лет и их слишком многое связывает, то он не может сам пойти в полицию и заявить о своих подозрениях. Он показал мне фотографию жены, которую всегда носит с собой, и это на сто процентов та самая женщина, которую я видел в день исчезновения Алисии".

На вопрос следователя, почему он раньше не явился для дачи показаний, свидетель заявил: “Часто бывает, что судишь сгоряча, я боялся бросить подозрение на невинного человека, ведь сейчас встречается много нервных людей. Но когда сеньор Перейра рассказал мне о своих страхах и показал фотографию, я понял, что должен прийти и рассказать обо всем, чтобы совесть была спокойна, а если я ошибся и она тут ни при чем, то вы сами разберетесь”. На вопрос следователя, хочет ли он что-нибудь добавить, убрать или изменить в своих показаниях, свидетель ответил: “Нет”. На основании чего был составлен данный протокол, текст которого зачитан свидетелю вслух. Протокол подписан свидетелем, следователем и секретарем.

35

Я села в автобус, ехавший к центру. Мне вообще не нравится водить машину, а особенно когда я на нервах. Стоит ли говорить, что я действительно сильно нервничала. Мне казалось, будто внутри у меня что-то клокочет и вот-вот польется из ушей. Что-то горячее, прямо-таки кипящее. Желчь, что ли? Я заняла место недалеко от водителя и стала смотреть в окно. Попыталась успокоиться. Попробовала дышать глубоко. И почему это я забросила занятия йогой? На углу улиц Кабильдо и Хураменто не работал светофор. Деревья, машины, дома. Я поиграла ключами Алисии, лежавшими в кармане. Ах да, преподавательница йоги слишком много болтала, это просто выводило меня из себя. Плавным голосом, медленно и спокойно, — о внутреннем свете, о матери-Земле, но все равно это было чересчур. Мимо прошли подростки в школьной форме. Четверо или пятеро. Я подумала о Лали. Ей будет нелегко принять все это.

Она всегда жила в своем хрустальном замке. Мы не втягивали ее в наши проблемы. От всех возможных опасностей ее защищал отец, вот ведь парадокс. И вдруг мир перевернется вверх тормашками. То есть он уже перевернулся, если быть точной. Конечно, тут есть от чего потерять голову. Ну, да таков закон жизни. Я тоже чуть с ума не сошла. Придется ей повзрослеть, ничего не поделаешь. Повзрослеть внезапно, как и всем нам когда-то. Деревья, дома, машины. То же самое было и со мной, когда отец ушел и больше не вернулся. Ты думаешь, что у тебя есть все, что у вас идеальная семья — и вдруг однажды все меняется. Не знаю, выдержит ли это Лали. Вряд ли она справится. Но тогда я о ней думать не могла. Хоть раз в жизни я должна была подумать о себе. И сделать то единственное, что мне следовало сделать. Реклама губной помады, дома, машины. Красный, желтый, зеленый. Я повторяла про себя то, что собиралась сделать, по пунктам. Чтобы не думать о Лали. Достала из сумочки свой план, не прикасаясь к револьверу. Пункт первый: банкомат. Я сосредоточилась на своем плане. Деревья, дома, машины. Пункт первый: банкомат. Затем я стала думать о втором пункте. И о третьем, и о четвертом. Шаг за шагом. Машины, дома. Люди входят и выходят. Я не хотела думать о нем. Об Эрнесто. Перекрестки Буэнос-Айреса, гудки автомобилей. Пункт первый: банкомат. Я приехала на место. Хотела выйти из автобуса через заднюю дверь, как и следует. Звонок не работал. Я закричала, водитель тоже. Материться я не стала, не мой это стиль, хотя его и следовало бы обматерить. Я пошла, врезалась в кого-то, меня толкнули. Люди, много людей. На противоположной стороне улицы я увидела банкомат. Перешла через дорогу. Подождала своей очереди. Те, кто стоял передо мной, возились очень долго, немыслимо долго. Конечно же мои проблемы никого не волнуют. Я чуть не прыгала от нетерпения. Подошла моя очередь. Я проверила остаток на счете. Около десяти тысяч долларов. Попыталась получить всю сумму, но мне позволили снять только семьдесят тысяч песо. Столько я и взяла. Пункт второй: повторить пункт номер один столько раз, сколько потребуется. Увидев еще один банкомат, я проделала то же самое. На экране банкомата появилось сообщение, что операция невозможна: большей суммы за один день снять нельзя. Этого я не знала, раньше я не пользовалась банкоматом. В начале каждого месяца брала деньги у Эрнесто и тратила их. И еще у меня были деньги на банковском счете, в моей заначке, которая началась с дырки за кирпичом в гараже. Но этих денег я трогать не хотела, лучше их приберечь на трудные времена. Попытала счастья еще в одном банкомате, но тоже безуспешно. Сообщение было таким же. Я пошла прямо в отделение банка. Это банк Эрнесто, а не мой. Не хотелось мне туда идти, но других вариантов не было. Там стояла очередь. Пришлось ждать. Почему эта очередь тянется так долго, я же очень спешу? Подошла к операционисту, сказала, что хотела бы закрыть счет ЭрнестоПерейры и/или Инес Ламас. Меня спросили, на это ли имя открыт счет, я ответила, что да. Сотрудник проверил и сказал, что Эрнесто должен подписать бумаги. Я ответила: мол, как жаль, но Эрнесто в отъезде. Мне возразили, что в таком случае счет закрыть невозможно. Я сказала, что мне срочно нужны деньги, чтобы заплатить за операцию моей мамы. Очередная придуманная история, их так часто рассказывают, что уже и поверить трудно. Не знаю, но мне удалось их одурачить. Я заплакала. Кажется, сотрудник мне посочувствовал. Сказал, чтобы я не плакала, если мне нужны деньги, он их выдаст. Я спросила: а разве это возможно без подписи Эрнесто? Он ответил, что для снятия денег подписи не требуется, она нужна лишь для закрытия счета. Я подумала, что если бы была владельцем банка, то поменяла бы эти идиотские правила. Улыбнулась и попросила выдать деньги как можно быстрее. Сказала, что от этого зависит жизнь моей матери. Операционист за стеклом почувствовал собственную важность. Он предложил мне оставить на счете сто песо, чтобы аудиторы его не закрыли. Это была еще одна банковская норма. Я согласилась. В кассе мне выдали деньги. Я пошла в туалет и спрятала их. Мелочь положила в сумочку, а банкноты засунула в лифчик. Они были совсем новенькими и скользили по телу. Вышла. Заглянула в магазин одежды, купила джинсы и черную кожаную куртку. Заплатила наличными. Отдала им свой костюм песочного цвета, чтобы они положили его в пакет, а сама вышла в новой одежде. Пакет с костюмом я оставила в первом же мусорном контейнере. Мне было жаль его. Вошла в телефонную будку, но звонить не стала, лишь просмотрела телефонный справочник. Отыскала разделы "Аренда автомобилей" и "Парики". Пункты четвертый и третий соответственно. Вспомнила, что ключи от дома Алисии остались в кармане пиджака, в мусорном баке. Но это было не важно, даже лучше, удачный способ избавиться от этого ужасного сувенира. Центр аренды автомобилей был от меня в четырех кварталах, а магазин париков — в двадцати, но следовало начать с парика. Третьим пунктом значилось "купить парик". Я села в метро: от станции до магазина придется идти довольно далеко, зато тут не надо думать, как при поездке на автобусе. Такси я не взяла — не имела такой привычки. "Для чего дарить им деньги", как говорила моя мама. Я добралась до магазина париков. Прямо передо мной туда вошла еще одна женщина. Она хотела продать свои волосы. Их покупают для париков из натуральных волос. Она заинтересовала продавца, тот подозвал управляющего. Несколько минут они обсуждали цену. Мне стало любопытно, хоть я и торопилась. Никогда не видела, чтобы кто-то продавал свои волосы. Они торговались, женщина дала понять, что они ей предлагают очень мало, но согласилась. Потом она ушла. Настала моя очередь. Я выбрала темно-каштановый парик — гладкие волосы до плеч. Обычная прическа обычной аргентинки. Но почти все мы хотим быть блондинками. Или казаться блондинками. И мы делаем мелирование, осветляем брови и в конце концов забываем, что когда-то наши волосы были другого цвета. Новоиспеченные блондинки. Блондинки всем на зависть. Блондинки, как я. Примерила каштановый парик. Он на мне сидел прекрасно. Там был еще один, роскошный, темный, почти черный, с длинными гладкими волосами. Как у Чаро. Его я тоже примерила, просто так, из любопытства, кто знает, когда мне удастся примерить парик еще раз. Мне понравилось, как пряди легли на плечи. Как у нее. Будто бы Чаро продала свои волосы и здесь их купили. Но купила я другой парик. Каштановый. И не стала его снимать. Мой естественный цвет, хотя я его и терпеть не могу. Самый обычный. Я смотрела, как за стеклом, в витрине, продавщица снова надевает темный парик на манекен. Как она осторожно расправляет пряди волос, чтобы они переливались на свету. Он был выставлен в самом центре витрины. Все остальные по сравнению с ним выглядели какими-то блеклыми. Словно их и вовсе не было. Не говоря уже о светлых париках. Я снова воспользовалась метро и доехала до центра проката автомобилей. Вошла. Подождала немного у стойки, пока единственный сотрудник закончит обслуживать клиента, судя по всему — иностранца. Было жарко, я сидела в кожаном кресле, которое подо мной быстро отсырело от пота. Я вся буквально взмокла. И сильно нервничала. Да и в парике я чувствовала себя некомфортно. Он оказался довольно колючим, а почесаться было неловко. "*Туфельки мне жмут немного, и чулки в жару ношу...*" И почему это мысли, пущенные на самотек, цепляются за такую ерунду? "*Ведь по нашему соседу я давно с ума схожу...*"

Наконец иностранец вышел, и я уселась перед сотрудником раньше, чем он успел меня подозвать. Мне был нужен автомобиль. Самый дешевый. Мне предложили одну машину. Я спросила, какого она цвета. Красного. Я сразу же отказалась — мне была нужна серая. Обыкновенная, серая, дешевая, из тех, что в Буэнос-Айресе можно встретить на каждом шагу. Как каштановые волосы. У них был такой автомобиль. Но без кондиционера. Ладно, не до кондиционера мне сейчас. Так что я взяла эту машину. Заплатила наличными. Как украла, ведь у нас в стране взять машину в аренду — все равно что украсть ее. Я решила было, что формальности закончены, но сотрудник-дебил попросил меня подписать гарантийный талон и указать номер кредитной карточки. Мне это не понравилось, не хотелось оставлять следов. Ведь заплачено было наличными. Так что я отказалась. Мы с ним заспорили. Но тут мне пришлось уступить — с идиотом спорить невозможно. Нет, я раньше никогда не арендовала автомобиль, и что с того?

— Таковы правила, — сказал он. И добавил: — Я ничего не могу сделать.

— Ты можешь пойти ко всем чертям. — Я была не в том настроении, чтобы изящно выражаться.

Мне хотелось его убить. И такая возможность у меня тоже была. Но я подписала талон и получила ключи и документы. Спустилась в подземный гараж и забрала автомобиль. Прежде чем нажать на газ, достала все бумажки, полученные в агентстве, и выбросила этот мусор в окно.

Поправила парик, глядя в зеркало заднего вида.

И уехала.

36

Ксерокопия из книги — сборника докладов на XII Национальном конгрессе по прикладной психологии (1995 г., Испания). Скопированный доклад называется “На пути к дактило-психологии: характеристики личности и другие наблюдения”, авторами значатся несколько испанских психиатров. Ксерокопия была найдена в бардачке автомобиля, взятого в аренду Инес Перейрой. Без заметок на полях.

“Преступный человек”. Так называется работа Чезаре Ломброзо, бывшего практикующего хирурга и директора психиатрической лечебницы в Пезаро. В этой книге он на основании более чем шести тысяч обследований людей, совершивших различные преступления, выводит ряд повторяющихся личностных характеристик и особенностей.

По Ломброзо, у типичного преступника должны быть широкая челюсть, большие уши, длинные руки и высокие скулы. Согласно его исследованиям, у поджигателя должна быть маленькая голова, у мошенника — плотное телосложение, широкие челюсти и высокие скулы, у вора — длинные руки, кроме того, он часто бывает долговязым и темноволосым.

Делались и другие попытки подобной систематизации. В Вене доктор Франц Йозеф Галль создал теорию френологии, одно время бывшую очень популярной. Согласно этой теории, характер и способности человека определяются формой его черепа. За внутренние склонности личности отвечают бугры задней части черепа, за интеллектуальные способности — передняя часть, за щедрость — темя, за эгоизм и эгоцентризм — боковые части. Его последователи выделили более сорока характеристик и уверяли, что при помощи измерения головы можно определить, обладает ли человек склонностью к безудержному пьянству, азартным играм или к воровству.

Реальная жизнь постепенно опровергла теории Ломброзо и Галля. Однако, хотя их методы признаны устаревшими, сама суть этих исследований до сих пор имеет значение. Многие, в том числе и психоаналитики, не только те, кто работает с преступниками, но и те, кто практикует с обычными людьми, хотели бы выделить признак, по которому можно с точностью сказать, способен ли тот или иной человек на преступление. Или на убийство.

Кроме того, как ни странно, многие пытаются применить эту методику не только к другим людям, но и к себе самим.

Чтобы знать, что ты никогда не превратишься в маленького монстра.

37

Я нашла подходящее место для парковки. За углом, на той же самой стороне улицы, метрах в двадцати от офиса Эрнесто. Почти рядом с выездом из гаража. Надела темные очки, которые я купила на улице, по пути от четвертого банкомата к пятому. Дешевые, пластиковые, но зато совсем черные. Я стала ждать. Подумала о Лали. Нет, она с этим не справится. Я включила радио. Поискала радиостанцию, на которой бы говорили много и громко. Чтобы больше не думать ни о чем, даже о том, что они там говорят. Отыскала волну, на которой передавали какие-то официальные сообщения. Включила приемник на максимальную громкость, насколько мне позволила мигрень. Подождала немного. Тут я почувствовала, что ноги затекают, и стала вращать ступнями. Пятнадцать раз влево, пятнадцать раз вправо. Мне снова вспомнился темный парик с гладкими, длинными, мягкими волосами. Еще пятнадцать раз влево. Едва я сделала четыре поворота вправо, как двери гаража распахнулись. Выехала машина, и я чуть опустила темные очки, чтобы видеть лучше. Это был не Эрнесто. Я выключила радио, а потом снова включила. Поискала подходящую музыку, остановилась на плавной старинной мелодии. Она напоминала мне о чем-то, не знаю точно о чем. Меня затрясло. Я почти заплакала. Едва на глазах выступили слезы, как я снова переключила на станцию с новостями и вывернула рычаг громкости до максимума. Из главного входа вышли секретарь из приемной, начальник отдела персонала и два стажера. Секретарша шла по моей стороне улицы. Я снова надела темные очки. Она прошла совсем рядом, но даже не взглянула в мою сторону. Снова открылись двери гаража. Оттуда выехал небольшой грузовичок. Синий, как машина Эрнесто. Не знаю, какой марки, в этом я не разбираюсь. Но грузовичок, а не легковой автомобиль, это точно. Я поправила парик и попробовала чуть сдвинуть его набок. Как же мне понравился тот, с темными волосами! Может быть, однажды... Снова распахнулись двери гаража. На сей раз это был он. Номер AVE 624. Эрнесто Перейра. Мой муж, все еще мой. Я завела машину и поехала за ним. Не спеша. Эрнесто тоже ехал очень медленно. Он выставил локоть из окна машины, я это видела. Как будто все на свете осталось по-прежнему. На первом светофоре он включил поворотник. Я тоже. Эта дорога не вела домой. Что неудивительно. Зачем ему ехать домой? Зачем всю жизнь хранить мне верность? Почему он должен предпочесть меня Чаро? Через два квартала Эрнесто припарковался на углу. Мне встать было некуда. Проезжать мимо него я не хотела — лучше держать дистанцию, чтобы видеть и обе стороны улицы, и тротуары. Включила аварийку. Потом выключила, не хотела привлекать к себе слишком много внимания, это было бы излишне. Прошло какое-то время. Две минуты. Пять. Десять. Вдруг Эрнесто вытянул руку из окна, приветствуя кого-то. Я взглянула туда и увидела Чаро. Она шла через улицу к его автомобилю. Почти бежала. Ее груди под белой футболкой подпрыгивали в такт бегу. Я снова вспомнила про бокалы для шампанского. Кажется, ее груди могли бы заполнить и бокалы для коньяка. Мне даже стало ее жаль. Тут она его поцеловала. Чаро поцеловала Эрнесто. Чмокнула его через открытое окно, обогнула автомобиль и села. Машина тронулась. Моя тоже. Следом за ними. На почтительном расстоянии. Они говорили о чем-то. Мы с Эрнесто в автомобиле никогда не разговариваем: каждый смотрит в свою сторону, он ведет машину, я наслаждаюсь пейзажами. А они разговаривают.

Подъехали к отелю с почасовой оплатой на улице Монро, и они вошли туда. Эрнесто и Чаро. Я немного подождала, потом обогнула квартал. Проехала мимо входа в отель. Сделала еще один круг. Поискала подходящее место, где могла бы поставить машину. Близко, но не слишком. Припарковалась в трех кварталах, на тихой улочке, параллельной улице Монро. Рядом с кирпичным домиком и столярной мастерской, которая явно нуждалась в покраске. Я вышла из машины, прихватив с собой сумочку. Прогулочным шагом двинулась к отелю. Приблизилась к двери и заглянула внутрь. Администратор сказал мне, что одиноких женщин они не обслуживают. Я ответила, что хотела бы помастурбировать в свое удовольствие. "Нет, к сожалению", — ответил мне прыщавый сеньор. Я вышла на улицу. Посмотрела по сторонам в поисках мужчины, с которым могла бы войти в отель. Настоящее безумие. Я сразу же отбросила эту мысль. Иногда просто сносит крышу, и ты можешь придумать все, что угодно. Или даже сделать. Нет, заходить туда вместе с кем-то — плохая идея. Я переместилась на стоянку. Никто меня не заметил. Увидела там автомобиль Эрнесто. Попробовала открыть дверцу. Ключ был в замке зажигания. Я прекрасно помнила шестой и седьмой пункты своей схемы, но пока не понимала, как их осуществить. Тут я задумалась. У меня было достаточно времени на размышления. Мне захотелось что-нибудь сделать, не думая, все равно что. Я спустила левое переднее колесо. И успокоилась. Стало ясно, что механизм запущен и, значит, все сработает. Я встала между стеной и багажником автомобиля Эрнесто. Подождала. Подумала о Лали, о том, что она с этим не справится. Подумала о маме — она будет очень злиться на меня. Подумала об Эрнесто. И сразу же попыталась выбросить его из головы. Не стоит мне думать об Эрнесто. Он этого не заслуживает, сукин сын. Я подождала. Надела перчатку. Еще подождала. Послышались шаги. Было ясно, что это они, но я не вышла из укрытия. Открыла сумочку. Подошвы ботинок Эрнесто шаркали где-то в метре от меня. Это его привычка, он всегда при ходьбе чуть волочит ноги. И каблуки у него очень быстро снашиваются с внешней стороны.

Затем эти знакомые шаги раздались с другой стороны. Эрнесто открыл дверь Чаро. Она села в машину и опустила стекло. Я ничего не видела, только слышала, но все было ясно. Я же знала его больше двадцати лет. Эрнесто обогнул автомобиль спереди и прошел к своей двери. Выругался и пнул ногой спущенное колесо. Снял с него колпак и швырнул к себе на сиденье. Пинком закрыл дверь. Пошел к багажнику. Я стала двигаться вперед. Пригнувшись. Эрнесто не видел меня за открывшимся багажником. Я знала, что на то, чтобы достать из багажника запасное колесо, ему потребуется не меньше двух минут. Эрнесто все делал очень тщательно и неторопливо. Я подошла прямо к окну, за которым сидела Чаро. На моем месте. За багажником Эрнесто ничего не видел. Она взглянула на меня. Я воспользовалась этим и тут же прицелилась в нее. Она перепугалась, она, со своей шикарной грудью и длинными темными волосами. Настолько перепугалась, что даже не могла закричать. Я нажала на спусковой крючок и проделала в середине ее лба отличную дырочку, из которой полилась тонкая струйка крови. Револьвер с отпечатками пальцев Эрнесто я закинула на заднее сиденье и побежала прочь. Я знала, что Эрнесто на несколько секунд будет парализован страхом и только потом сможет хоть как-то отреагировать. Точно как тогда, услышав, что я беременна. Он таков, и с годами это не изменится. Даже если завести любовницу на пятнадцать лет моложе себя.

Я не оглядывалась.

Может быть, Эрнесто меня заметил. Заметил со спины бегущую женщину с прямыми каштановыми волосами до плеч.

38

— Полные имя и фамилия.
— Лаура Перейра.
— Возраст?
— Семнадцать лет.
— Нам нужно сообщить данные для регистрации.
— ...
— Имя отца.
— У нее нет отца.
— А ты, как указывать твоих родителей?
— У меня их нет.
— Хочешь сказать, что ты одна на белом свете?
— Нет, у меня есть дочь.
— Нам нужны данные для регистрации.
— Делайте что хотите.
— Хочешь с кем-нибудь связаться?
— А разве вы ее сами не зарегистрируете?
— Как хочешь, если у тебя никого нет...
— ...

— ...
— Подождите, вы не могли бы записать номер?
— ...
— ...
— Диктуй.
— Восемьсот двадцать пять восемьдесят три восемьдесят три.
— Восемьдесят три восемьдесят три.
— Сообщите им, что родилась Гильермина.
— Хорошо.
— ...
— ..
— Спасибо.
— ...
— ...
— Прелестная толстушка, да?
— Да, красавица.
— На кого она похожа?
— Ни на кого, к счастью, она ни на кого не похожа.

39

Я иду по улице Монро и все слышу крики Эрнесто. Еще через три квартала к ним присоединяется звук полицейской сирены. Я спокойна. Спокойна впервые за много месяцев. Солнце светит мне прямо в глаза. Темные очки я уже где-то потеряла. Прекрасный день. В такой день со мной не может случиться ничего плохого. Я не знаю, как закончится эта история. Никто не может знать. Думаю, что меня разыщут. Никто не может скрываться всю свою жизнь, сколько париков ни надевай. Рано или поздно ты совершишь ошибку, и тогда все на тебя накинутся. Но я спокойна. Спокойно у меня на душе, а это самое главное. У телефонной будки я останавливаюсь и звоню маме. Та, как всегда, осыпает меня упреками. Не дает мне и слова сказать. Я ее прерываю — не знаю как, но я умудряюсь прервать ее речь. Рассказываю ей обо всем, но она мне не верит. Не верит, что я способна на это. Заставляю ее пообещать, что она позаботится о Лали. Это было последним нерешенным вопросом. Я испытываю большое облегчение. Ведь я знаю, что мама, несмотря на все свои недостатки, умеет создать ощущение семьи. А это очень важно для девочки такого трудного возраста, как Лали. Что же до Эрнесто, то с нашим браком покончено навсегда. Мы перешли через точку возврата. Теперь каждый сам за себя, каждый пытается по-своему справиться с ситуацией. Тут я тоже спокойна. Наше правосудие немного подслеповато, и мне пришлось купить ему очки. Возможно, линзы немного кривые, и теперь все несколько запуталось, но это все же лучше, чем ничего. Вернее всего, в конце концов меня посадят за убийство Алисии, а Эрнесто — за убийство Чаро. Пункт номер шесть: убить ее. Пункт номер семь: подставить Эрнесто. Я разорвала свой план на множество мелких кусочков и развеяла их по ветру. Бумажки разлетелись в разные стороны. Какая разница, кто кого убил? Ведь каждый из нас совершил по одному убийству. Разве мы не заслуживаем одного и того же? Все ясно. На суде мы с Эрнесто сможем заявить, что невиновны в том, в чем нас обвиняют, но не скажем, что абсолютно невиновны. На самом деле невинных не бывает. Все мы ходим под Богом. Алисия, Чаро, Эрнесто, я. От того, кого именно ты убил, ни приговор, ни наказание не изменятся. Только вина. Я бы не смогла решиться на убийство Алисии. Тем более на убийство Эрнесто, отца моей дочери.

А вот убить Твою — да. Твоя — это другое дело.

CORPUS 017

КЛАУДИА ПИНЬЕЙРО

ТВОЯ

Директор издательства Сергей Пархоменко
Главный редактор Варвара Горностаева
Художник Андрей Бондаренко
Редактор Ирина Кузнецова
Ведущий редактор Наталья Богомолова
Ответственный за выпуск Ксения Чуб
Технический редактор Татьяна Тимошина
Корректор Наталия Усольцева
Верстка Юлия Анищенко

ООО "Издательство Астрель",
обладатель товарного знака "Издательство Corpus"
129085, г. Москва, пр-д Ольминского, 3а

Подписано в печать 28.08.09. Формат 76×108 1/32
Бумага офсетная. Гарнитура "OriginalGaramondC"
Печать офсетная. Усл. печ. л. 9,19
Тираж 3000 экз. Заказ № 7535

Общероссийский классификатор продукции
ОК-005-93, том 2; 953000 — книги, брошюры
Санитарно-эпидемиологическое заключение
№ 77.99.60.953.Д.009937.09.08 от 15.09.2008

Отпечатано с готовых файлов заказчика
в ОАО "ИПК "Ульяновский Дом печати"
432980, г. Ульяновск, ул. Гончарова, 14

По вопросам оптовой покупки книг
Издательской группы "АСТ" обращаться по адресу:
г. Москва, Звездный бульвар, 21, 7-й этаж
Тел.: (495) 615-01-01, 232-17-16